내 안에 몬스터 있다

내 안에 몬스터 있었다 1

형상준 현대 판타지 장편소설

초판 1쇄 찍은 날 | 2016년 9월 23일
초판 1쇄 펴낸 날 | 2016년 9월 30일

지은이 | 형상준
펴낸이 | 예경원

기획 | (주)위시북스
편집책임 | 박우진
편집 | 이즈플러스

펴낸곳 | 예원북스
등록번호 | 제396-2012-000132호
등록일자 | 2012. 7. 25
KFN | 제1-028호

주소 | 경기도 고양시 일산동구 호수로 646-24 위너스21 II 빌딩 206A호 (우)10401
전화 | 031-819-9431 팩스 | 031-817-9432
E-mail | yewonbooks@naver.com

ISBN 979-11-5845-441-8 04810
979-11-5845-442-5 (set)

※ 이 도서의 국립중앙도서관 출판시도서목록(CIP)은 서지정보유통지원시스템 홈페이지(http://seoji.nl.go.kr)와 국가자료공동목록시스템(http://www.nl.go.kr/kolisnet)에서 이용하실 수 있습니다.

내 안에 몬스터 있었다
1
형상준 현대 판타지 장편소설
WISHBOOKS MODERN FANTASY STORY
Wish Books

내 안에 몬스터 있다

CONTENTS

서장 7

1장 나를 부르는 소리 11

2장 몬스터 공격 35

3장 능력자 각성이란? 59

4장 능력자 자격증 시험 85

5장 수정 카페 109

6장 행복 사무소 노동 계약서 139

7장 훈련 시작 169

8장 북한 출장 207

9장 다 나와! 237

10장 능력자의 삶 271

서장

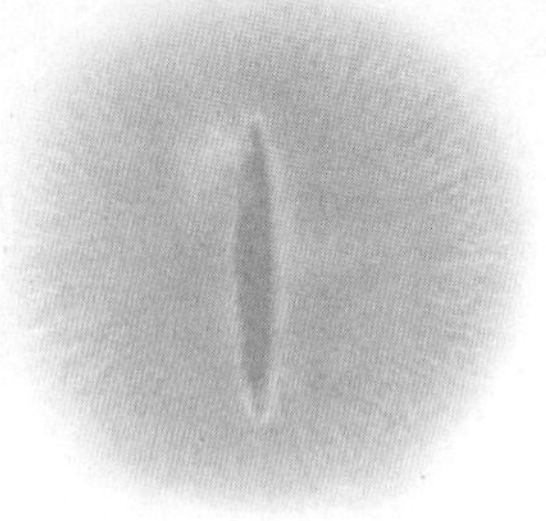

이십 년 전 어느 날, 태양의 흑점이 폭발했다.

지구 열두 배 크기의 흑점 폭발.

지구인들은 두려움을 느꼈다. 지구 멸망의 날이라고 생각했다.

그러나 지구는 멸망하지 않았다. 아무런 문제도 일어나지 않았다. 아니, 그때는 문제가 벌어지지 않았다 생각을 했다.

과학자들이 예고했던 전 세계적인 지진도, 해일도, 전자기기의 오작동도 벌어지지 않았다. 다만, 흑점 폭발은 지구가 아닌 지구에 사는 생명체에게 영향을 미쳤다.

에너지의 일종인 '마나'라는 것이 생명체에게 영향을 끼치기 시작한 것이다.

처음 마나에 대한 발견은 초능력자들의 등장과 함께였다. 불을 만들어내고 하늘을 날며 인간이 들지 못할 무게를 들어 올리는 자들.

일명 '마나의 축복'을 받은 자들이 나타나기 시작했다.

그뿐이 아니었다. 마나의 축복으로 초능력을 사용하는 이들과 다르게 마나를 흡수하고 재구성해 능력을 사용하는 이들이 나타났다.

마나를 계산하고 배치해 힘을 사용하는 마법사.

마나를 단전에 모아 힘을 사용하는 무인.

마나와 기계를 합해 사용하는 마도공학자까지.

이들은 스스로 각성했다고 해서 '각성자'라 불렸다.

그리고 거기에 하나 더.

마나의 영향을 받은 것은 인간만이 아니었다. 지구와 다른 차원을 연결하는 게이트가 열리기 시작한 것이다.

1장
나를 부르는 소리

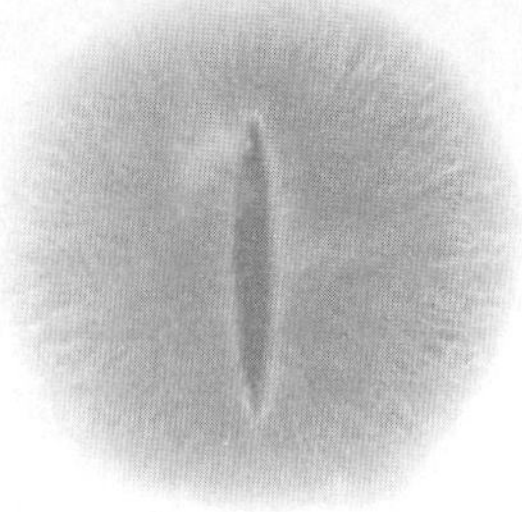

[퍼퍼펑!]

[이번 게이트를 통해 나온 몬스터는 그 수준이 상당히 높습니다.]

[오거도 두 개체나 보입니다.]

[쉽지 않겠는데요.]

[게이트에서 나오는 몬스터를 상대하는 것이야 늘 쉽지 않지요.]

[그래도 이번에는 심각하군요.]

TV에서는 제주도에 열린 게이트에서 쏟아져 나온 몬스터들과 국가에 소속된 능력자들 슈퍼 가드, 일명 'SG'와의 싸움을 보여주고 있었다.

이십 년 전 흑점 폭발과 함께 지구에는 특수한 기운이 넘쳐나기 시작했다.

서양식으로 표현하면 마나, 동양식으로 표현한다면 기.

어쨌든 마나라는 것은 흑점 폭발 이전에도 지구상에 존재했다고 한다. 동양의 무도인들은 그 마나라는 것을 이용해 내공을 쌓고 단전호흡 같은 것을 하였으니 말이다.

하지만 이십 년 전을 기점으로 그 마나가 폭발적으로 증가했다. 그 덕에 마법을 연구하던 사람들과 악마 숭배자들, 혹은 퇴마사들은 실제로 마법을 사용하게 되었고 동양의 무인들은 소설에서나 가능한 무공을 사용하게 되었다.

물론 절정이나 초절정과 같은 경지는 나오지 않았지만 최소한 검기를 사용하는 무인들이 나타나기 시작한 것이다.

하지만 좋은 일만 생긴 것은 아니었다.

바로 게이트.

마나가 증가함에 따라 지구에는 게이트라는 것이 열리기 시작했다.

일정 지역에 마나가 모이면 게이트가 열린다. 그리고 게이트가 열리면 지구상에서는 볼 수 없는 몬스터가 쏟아져 나오는 것이다.

처음 게이트가 열렸을 때 수많은 인적, 물적 피해가 발생했다.

신기한 점은 게이트에서 나오는 몬스터가 지구상에 존재하는 전설 속 몬스터와 많이 비슷하다는 것이었다.

신체 특징부터 약점까지.

'몬스터라…….'

TV에 나오는 몬스터와 능력자 간의 싸움을 지켜보는 김호철의 앞에 가방 하나가 놓여졌다.

쿵!

묵직한 소리와 함께 놓인 가방에 김호철이 고개를 들었다. 중년의 거한이 담배 연기를 뿜어냈다.

"후우!"

담배 연기를 뿜은 거한이 김호철 맞은편에 앉으며 TV를 바라보았다.

"빨리빨리 쳐 죽이지. 뭘 저렇게 끌어?"

"오거가 둘이나 끼어 있으니 쉽지 않겠죠."

말과 함께 김호철이 가방의 지퍼를 열고는 안을 들여다보았다. 가방 안에는 탁하고 뿌연 색을 가진 자잘한 돌멩이들이 비닐에 쌓여 있었다.

새끼손가락 첫 마디 크기의 돌멩이들로 가득 차 있는 내용물을 보던 김호철이 거한을 바라보았다.

그 시선에 거한이 뒤에 서 있는 사내를 향해 말했다.

"커튼 쳐."

거한의 말에 사내가 고개를 숙이고는 사무실의 커튼을 치기 시작했다.

스르륵! 스르륵!

암막으로 된 커튼이 쳐지자 사무실 안이 순식간에 어두워졌다. 그러자 가방 안에서 희미한 빛이 흘러나왔다.

그것을 본 김호철이 가방 안을 바라보았다. 가방 안에 들어 있는 돌멩이들에서 희미한 빛이 뿜어져 나왔다.

어두운 곳에서 빛을 뿜어내는 돌은 세상에 하나뿐이다. 바로 게이트를 통해 나타나는 몬스터를 잡으면 나오는 돌, '마나석'이다.

마나석의 색깔과 크기, 그리고 흐르는 빛이 희미한 것이 등급 외의 물건들인 것 같지만, 어쨌든 가방 가득 들어 있는 것은 마나석이었다.

"확인됐지?"

거한의 말에 김호철이 고개를 끄덕였다. 그에 거한이 손을 들자 커튼이 열리고 사무실에 햇살이 들어오며 밝아졌다. 그러자 가방 안에서 흘러나오는 빛도 사라졌다.

김호철이 품에서 봉투 하나를 꺼내 내려놓았다.

"오백입니다."

돈 봉투 안을 살피는 거한을 보던 김호철이 가방을 등에 메고는 소파에서 일어났다.

"그럼 가 보겠습니다."

"가."

거한의 말에 김호철이 몸을 돌려 사무실을 나섰다.

사무실을 나온 김호철은 홍대에 있는 자신의 옥탑방에 들어섰다.

덜컥!

문을 열고 안으로 들어온 김호철이 묵직한 가방을 내려놓았다.

"후!"

그리고 냉장고에서 생수를 꺼내 물을 마신 김호철이 방을 돌아보았다.

방 안에는 비닐에 싸여 있는 마나석이 가득 쌓여 있었다. 물건이 있을 때마다 사들이다 보니 방 한쪽이 마나석으로 가득 차 있는 것이다.

"휴!"

한숨을 작게 쉰 김호철이 목을 비틀었다.

우두둑! 우두둑!

목을 비튼 김호철이 커튼을 쳐 방 안을 어둡게 만들었다.

화아악!

빛이 줄어들자 반대로 방에 쌓여 있는 마나석에서 희미한 빛이 흘러나오기 시작했다.

그것을 본 김호철이 가방 속에서 비닐에 든 마나석을 꺼내 커다란 냄비에 쏟았다.

좌르륵! 좌르륵!

김호철이 물을 틀어 마나석을 쏟아놓은 냄비를 채웠다.

쏴아악! 쏴아악!

냄비에 물을 받은 김호철이 마나석을 박박 씻기 시작했다. 마치 쌀을 씻는 것처럼 물을 버리고 붓기를 반복하였다.

마나석을 만족할 만큼 씻은 김호철은 냄비 안에 식초 한 통을 부었다.

시큼한 식초 냄새를 맡으며 마나석을 보던 김호철이 그것을 싱크대 밑에 내려놓고는 검은 비닐을 그 위에 씌웠다. 부엌 바닥에는 그런 검은 비닐로 씌워진 냄비가 많이 있었다.

방 안으로 들어간 김호철이 한쪽에 쌓여 있는 비닐 봉투를 뜯어 밥상에 쏟았다.

쏴아악!

밥상 위로 쏟아지는 마나석들은 반질반질 윤이 났다. 방 안에 있는 비닐에 쌓여 있는 마나석들은 이미 식초 처리가 끝이 난 것들이었다.

마나석의 광택을 확인한 김호철이 고개를 끄덕였다.

"잘됐네."

윤이 나는 마나석들을 밥상에 펼쳐 놓은 김호철이 옆에 놓여 있는 꿀병을 꺼내 들었다.

그릇에 꿀을 부은 김호철이 붓을 꺼내 마나석에 바르기 시작했다.

그러자 마나석 표면이 살며시 녹기 시작했다. 왜인지는 몰라도 마나석을 식초에 담갔다가 꿀을 바르면 녹기 시작한다.

그것을 이용해 공업용으로 사용하다 파기된 마나석을 구해 이렇게 새 마나석을 만들어내고 있는 것이다.

게다가 특이한 것은 식초와 꿀의 순서를 바꾸면 마나석은 녹지 않았다.

식초에 잠깐이라도 닿았던 마나석이어야 꿀에 녹는 것이다.

겉면이 녹기 시작한 마나석에 김호철은 다른 마나석을 붙였다.

그러자 녹은 마나석에 새 마나석이 붙으며 감쪽같이 한 덩어리가 되었다.

그렇게 마나석을 붙이고 붙이기 시작하자 어느새 호두알보다 조금 큰 크기로 커졌다.

조금은 울퉁불퉁하지만 동그란 마나석을 이리저리 보던 김호철이 그것을 바닥에 놓고는 망치를 가져다 강하게 후려쳤다.

퍽!

망치로 강하게 후려쳤는데도 멀쩡한 마나석을 보며 김호철이 고개를 끄덕이고는 다시 붓을 들고 새로운 마나석을 만들어내기 시작했다.

〈건강에 좋은 D급 마나석 판매합니다. 개당 50만 원입니다.〉

인터넷 판매 사이트에 김호철은 마나석 판매글을 올렸다. 말 그대로 D급 마나석을 판다는 내용.

김호철의 직업은 일종의 마나석 가공 판매업자였다.

게이트를 통해 지구에 온 몬스터들을 죽이면 마나석이라 불리는 에너지가 응집된 돌이 나온다. 물론 몬스터를 죽인다고 모두 나오는 것은 아니다. 나올 때도 있고 안 나올 때도 있다.

게이트 발생으로 지구에 생긴 유일하게 좋은 일이 바로 마나석이라는 말이 있다.

B등급 이상의 마나석은 에너지원으로써 큰 가치를 가지고 있었다. 마나석에 담겨져 있는 에너지를 뽑아 발전소를 돌려

전기를 생산하는 것이다.

또한 마나석은 의료와 농업 등 에너지가 필요한 모든 산업에서 소모되었다. 그리고 건강 보조 산업. 사람들은 마나석을 몸에 지니고 다니면 그 에너지가 몸에 깃들어 건강해질 것이라 생각을 하였다.

등급이 높은 마나석을 부자들은 수십억을 들여 구입해 지니고 다닐 정도였다. 일반인도 마나석을 사들였다. 노화 방지에 좋다는 설과 어린애가 가지고 있으면 키가 크고 건강해진다는 설, 혹은 수험생이 마나석을 가지고 있으면 머리가 맑아진다는 설 등등.

물론 일반인은 등급이 높은 마나석을 사들이지는 못했다. 하지만 등급이 떨어지는 D등급은 일반인이 구매하지 못할 정도는 아니었다.

D등급은 크기에 따라 백만 원에서 오십만 원 사이로 거래된다.

그리고 김호철은 그런 사람들에게 등급 외로 판정되는 하품의 마나석을 재가공해 D등급으로 팔고 있는 것이다.

김호철만의 비법인 식초와 꿀로 말이다.

식초에 마나석을 담가두면 윤기가 난다. 그리고 식초에 담가 두었던 마나석에 꿀을 바르면 표면이 녹아 붙일 수 있다.

물론 D등급 마나석 모양을 하고 있다 해도 김호철이 만든 마나석은 아주 희박한 에너지밖에 가지고 있지 않았다. 그저 모양만 D급과 비슷할 뿐.

이렇게 등급 외 품질을 붙여서 팔 수 있는 이유는 일반인이 마나석을 네 가지 특성으로만 구별할 수 있기 때문이다.

투명도, 크기, 강도, 그리고 어두운 곳에서 빛을 내느냐 마느냐가 일반인이 마나석을 구별하는 방법이다.

아니면 마나를 느낄 수 있는 능력자에게 돈을 주고 감별을 해야 하는데, 오십만 원짜리 마나석을 감별하는 데 능력자를 부를 사람은 없었다.

게다가 어쨌든 김호철의 등급 외 마나석에도 마나라 불리는 에너지가 미약하지만 담겨져 있다. 그러니 마냥 가짜라고 할 수도 없는 것이다.

모니터를 잠시 보던 김호철이 새로 고침 버튼을 눌렀다.

그러자 그가 올린 글 밑에 달린 댓글들이 보였다.

—오! 물건 다시 들어오셨나 봐요. 전에 산 마나석 부모님께 드리니 너무 좋아하시네요. 여자 친구에게 줄 선물로 하나 더 구매합니다. 바로 입금할게요.

—전에 아버님만 사드리니 어머니가 서운해하시네요. 하나 구매합니다.

…….

전에 구매를 했던 사람들이 바로 재구매를 한 것을 보며 김호철이 택배 박스를 꺼내 그 안에 자신이 만든 마나석을 집어넣었다.

개당 50만 원. 판매 사이트 수수료 10%를 떼도 45만 원이 된다.

가방 하나를 가져오면 오십 개 정도를 만들어내니 구입비 오백만 원을 빼면 1,700만 원 정도가 김호철에게 떨어지는 것이다.

물론 마나석을 모두 팔았을 때의 이야기지만.

택배 박스에 마나석을 집어넣은 김호철이 그것을 구석에 내려놓았다.

"휴!"

작게 한숨을 쉰 김호철이 밥상에 놓여 있는 마나석들을 바라보았다. 밥상에는 아주 작은 조각들이 떨어져 있었다. 사 가지고 온 마나석 중에는 이렇게 사용할 수 없을 정도로 작은 것들도 섞여 있었다.

"몸보신이나 하자."

작게 중얼거린 김호철이 컵에 꿀을 덜어서는 밥상에 떨어져 있는 마나석 조각들을 쓸어 담았다.

스윽! 스윽!

손바닥으로 밥상에 떨어진 마나석을 모두 담은 김호철이 숟가락으로 꿀과 마나석을 잘 섞기 시작했다.

화아악! 화아악!

그러자 마나석들이 꿀에 녹아들기 시작했다. 마나석을 꿀에 잘 녹인 김호철이 그것을 단숨에 들이마셨다.

"꿀꺽! 꿀꺽!"

달콤한 꿀을 쪽쪽 빨아 먹고 혀로 컵에 남은 꿀까지 다 핥아 먹었다. 마나석을 꿀에 녹여 먹는 것은 김호철에게 익숙한 일이었다. 작업을 할 때마다 남는 쪼가리 마나석을 모두 이렇게 먹은 것이다.

속설인지 아닌지 모르겠지만 마나석을 먹으면 건강해진다는 말이 있으니 말이다.

조금 꺼림칙한 것이 있다면 몬스터의 몸속에서 나온 것을 먹는다는 거지만, 건강에만 좋다면야 한국 사람이 먹지 못할 것이 뭐가 있겠는가.

마나석을 꿀에 녹여 먹은 김호철이 기지개를 켰다.

"끄응!"

마나석을 붙이는 작업이 힘든 것은 아니지만 한자리에서 몇 시간 동안 세심한 작업을 하다 보니 피곤하기는 한 것이다.

잠시 눈을 감았던 김호철이 고개를 저었다.

"아무래도 한숨 자고 택배를 붙이든 해야겠다."

더 이상 버티지 못하겠는지 김호철이 침대에 드러누웠다. 하지만 그것도 잠시 김호철이 다시 몸을 일으켰다. 그러고는 책상 위에 있는 지갑을 들었다.

스윽!

지갑에서 사진 한 장을 꺼내 든 김호철이 물끄러미 그것을 바라보았다.

사진 속에는 한 소년과 그보다 더 어린 작은 소녀가 있었다. 사진 속 소녀를 물끄러미 보던 김호철이 미소를 지었다.

"혜원아, 오빠 돈 열심히 벌고 있으니까 곧 만날 수 있을 거야. 꼭 오빠가 찾을게."

작게 중얼거린 김호철이 사진 속 소녀의 얼굴을 손으로 쓰다듬었다. 그렇게 사진을 물끄러미 보던 김호철이 다시 사진을 지갑 속에 잘 넣었다.

이십 년 전 게이트가 열리던 날, 부모님은 김호철과 갓 태어난 김혜원만을 남기고 돌아가셨다. 그리고 고아원에 들어간 두 사람은 사 년 뒤 김혜원의 입양으로 인해 헤어지게 되었다.

김호철은 헤어진 동생을 찾으려는 것이다.

우르릉! 우르릉!

잠을 자던 김호철은 갑자기 들리기 시작한 천둥소리에 잠에서 깨어났다.

"아, 시끄러."

천둥소리에 베개로 귀를 막았던 김호철이 한숨을 쉬며 몸을 일으켰다. 잠시 멍하니 침대에 앉아 있던 김호철이 창문 쪽을 바라보았다.

번쩍! 번쩍!

창문 밖에서는 연신 번개가 내리치고 있었다. 그것을 가만히 보던 김호철이 한숨을 쉬었다.

"오늘 잠은 다 잤군."

이런 요란한 천둥소리라면 잠을 자기는 틀렸다. 그에 불을 켠 김호철이 방을 둘러보았다. 방에 쌓여 있는 마나석들을 보던 김호철이 그것들을 하나둘씩 꺼내 놓았다.

구석에 쌓여 있던 마나석들까지 모두 끄집어 놓은 김호철이 한숨을 쉬었다.

"너무 많이 사다 놨나?"

방에 쌓여 있는 마나석과 식초에 담겨져 있는 것만 해도 오천만 원이 넘는다.

등급 외 마나석이 마나석 자체로는 역할을 하지 못해도 예술가들 사이에서는 많이 사용되는 재료다. 어두운 곳에서 은은한 빛을 뿜어내는 마나석이기에 그림이나 조각에 많이 사용된다. 예술가가 많이 찾다 보니 늘 물량이 부족해 김호철은 물건이 나올 때마다 사놓았었다.

비닐에 담긴 마나석들을 보던 김호철이 그것을 풀었다. 크기별로 정리를 해놓으려는 것이다.

비닐 안에 든 마나석을 모두 풀어 놓자 바닥은 온통 마나석으로 가득 찼다. 그것을 가만히 보던 김호철이 배를 쓰다듬었다. 자다 일어나서 그런지 조금 허기가 졌다. 그에 김호철이 책상 위에 놓인 컵에 꿀을 따랐다.

주르륵! 주르륵!

꿀이 걸쭉하게 컵에 따라지자 김호철이 바닥에서 마나석 몇 개를 주워 넣었다.

스르륵! 스르륵!

손가락으로 몇 번 휘젓자 마나석은 꿀에 녹아들었다. 마나석을 녹인 꿀에 물을 부은 김호철이 그것을 단숨에 마셨다.

"꿀꺽!"

번쩍!

마나석을 탄 꿀물을 마시던 김호철은 순간 번쩍 하는 섬광과 함께 그대로 뒤로 넘어갔다.

쿵!

김호철의 몸이 마나석이 깔린 바닥에 그대로 쓰러졌다. 그가 사는 옥탑방 위의 피뢰침에 번개가 직격했고, 피뢰침을 강타한 번개가 순간적으로 바닥에 흩어져 있는 마나석을 타고 김호철을 덮친 것이다.

파지직! 파지직!

김호철의 방 안의 마나석들이 스파크를 튀기며 빛을 내기 시작했다. 그리고 그 스파크들은 점점 김호철의 몸으로 향했다.

작은 마나석 안이 좁다는 듯 자신들을 담을 수 있는 그릇을 찾아…….

파지직!

부르르르!

파지직!

부르르르!

스파크들이 김호철의 몸에 스며들 때마다 그의 몸이 들썩거렸다.

어두컴컴한 공간에 김호철이 있었다. 그런데 신기한 것은 주위가 보인다는 것이었다. 물론 보이는 것은 어두컴컴한 공간뿐이기는 했지만 말이다.

'꿈꾸나?'

방금 전까지 방 안에서 마나석을 탄 꿀물을 먹고 있었으니 이런 곳에 자신이 있어야 할 이유가 없었다. 그런데 자신이 언제 잠이 들었는지가 기억나지 않았다.

"내가 엄청 피곤했나 보네."

잠이 든 줄도 모르게 잠을 자버렸나 생각을 하던 김호철의 귀에 문득 이상한 소리가 들려왔다.

-깨…… 깨…… 어…… 줘…….

공포 영화에서나 들릴 것 같은 소리에 얼굴이 굳어진 김호철이 주위를 둘러보았다. 하지만 어디서 이런 소리가 들리는지 알 수가 없었다.

그에 김호철이 빠르게 주위를 둘러보며 소리쳤다.

"누, 누구요!"

하지만 주위에는 짙은 어둠만이 존재할 뿐 아무도 보이지 않았다.

-나…… 를…… 꺼…… 내…… 줘…….

-우…… 리…… 를…….

-꺼…… 내…….

이번에는 하나가 아닌 여러 목소리가 무섭게 들려오기 시작했다. 오싹해진 김호철이 속으로 꿈에서 빨리 깨어나기를 빌었다.

'꿈에서 깨자. 깨자.'

하지만 꿈은 깨지 않았고 들려오는 소리는 더 많아지기 시작했다.

"대체 뭐야! 나와! 나오라고!"

'제발 나오지 마라. 나오지 마.'

말과는 달리 이 소리의 주인들이 나오지 않기를 바라던 김호철의 얼굴이 굳어졌다. 앞에서 작은 빛 두 개가 나타난 것이다. 하지만 곧 김호철은 그것이 빛이 아니라는 것을 알아챘다.

'눈?'

두 개의 빛은 눈이었다. 그것도 사람의 눈이 아닌 위아래로 길게 찢어진 동공을 가진.

그리고 두 개의 빛은 빠르게 늘어나기 시작했다.

화아악! 화아악! 화아악!

순식간에 주위를 가득 메우는 눈들의 모습에 김호철의 몸이 그대로 뒤로 넘어갔다.

쿵!

"으악!"

비명과 함께 몸을 벌떡 일으킨 김호철이 주위를 바라보았다. 집이었다.

"하아! 꿈이구나."

꿈이라는 것은 알고 있었지만 깨고 나니 꿈이라 다행이다 할 정도로 무서웠다.

안도의 한숨을 쉬던 김호철은 자신의 옷이 흠뻑 젖어 있는 것을 알았다. 꿈이 얼마나 무서웠는지 식은땀을 잔뜩 흘린 것이다. 그에 샤워를 해야겠다는 생각을 하며 몸을 일으키려던 김호철의 얼굴이 굳어졌다.

일어나기 위해 손을 바닥에 짚었는데 순간 푸석하는 느낌과 함께 깔려 있던 마나석이 으스러져 버린 것이다.

그에 놀란 김호철이 가만히 손을 내려다보았다. 그러고는 손을 들자 하얀 가루로 변해 버린 마나석의 잔해가 눈에 들어왔다.

"이게 왜?"

손바닥에 묻어난 하얀 가루를 가만히 보던 김호철이 다른 마나석을 손으로 잡았다.

스르륵!

김호철의 손에 잡힌 마나석이 그대로 가루로 변하며 흩어졌다.

"헉!"

처음에는 당황스러웠고 두 번째에는 놀랐다. 그에 벌떡 일어나는 김호철의 움직임에 주위에 있던 마나석들이 그대로 으스러졌다.

스르륵! 스르륵!

순식간에 주위에 있던 마나석이 모두 가루가 되어버리자 김호철의 얼굴이 일그러졌다.

"이게 무슨?"

어젯밤만 해도 멀쩡하던 마나석이 모두 가루가 되어버린 것이다. 그에 김호철이 급히 남아 있는 마나석들에 손을 뻗었다. 하지만 다른 마나석도 모두 가루로 변해 버리고 말았다.

방 안에 있던 마나석은 원가만 오천만 원이다. 제품으로 만들어 판다면 일억 칠천만 원은 될 물건들이었다.

그런데 그런 물건들이 모두 가루가 되어버리다니…….

놀라고 당황스러워 멍하니 있던 김호철이 급히 창문으로 다가가 커튼을 쳤다. 어두워진 방 안의 모습만큼 김호철의 얼굴은 더욱 어두워졌다.

방 안에서 아무런 빛도 보이지 않았다. 가루가 됐더라도 빛이 난다면 꿀로 어떻게든 뭉쳐서 마나석을 만들 수 있을 것이다. 그런데 아무런 빛도 보이지 않는다는 것은 뭉칠 수 있는 것이 하나도 없다는 말이었다.

그에 굳어 있던 김호철이 어제 택배 포장을 했던 상자들을 뜯어냈다.

‘제발 이건 무사해라.’

속으로 중얼거리며 택배 상자를 뜯은 김호철의 얼굴이 굳어졌다. 상자 안에 포장해 둔 마나석도 만지는 순간 가루가 되어버렸다. 그에 다른 상자도 모두 뜯어 확인을 한 김호철의 얼굴에 분노가 어렸다. 다 가루로 변해 버린 것이다.

“이런 시발…….”

2장
몬스터 공격

하얀 가루로 가득 찬 방 안에 김호철은 멍하니 앉아 있었다. 어제 구매를 한 이들에게 환불 조치를 하고 나니 지금 자신에게 벌어진 일이 더욱 현실감 있게 다가왔다.

"오천만 원이……."

재가 되어버린 것이다.

멍하니 앉아 있던 김호철이 방을 바라보았다. 방 안은 눈이라도 내린 것처럼 하얀 가루로 뒤덮여 있었다.

그것을 가만히 보던 김호철이 한숨을 쉬고는 몸을 일으켜 집을 나왔다. 지저분한 방을 보고 있자니 답답한 것이다. 바람이나 쐬자는 생각에 문을 열었던 김호철이 잠시 굳은 듯 앞을 바라보았다. 그리고 잠시 고개를 갸웃거리다가 문을 닫았다.

'뭐지?'

잠시 자신이 잘못 본 것인가 싶어 고개를 갸웃거렸던 김호철이 다시 문을 열었다. 김호철이 눈을 찡그렸다. 옥탑방 옥상 난간에 군복을 입은 네 남자가 웅크리고 앉아 있었던 것이다.

그것을 본 김호철이 다시 슬며시 문을 닫았다. '남의 집에 당신들 뭐야!' 하고 소리를 치고 싶은 생각도 들었지만, 총을 든 건장한 군인 넷에게 소리를 지를 정도로 김호철의 담은 크지 않았다.

"뭐지?"

잠시 닫힌 문 사이로 밖의 동정을 살피던 김호철이 창문에 다가가 밖을 바라보았다. 주위 빌라와 주변을 보던 김호철의 눈에 건물 옥상과 길거리에 군인들이 있는 것을 볼 수 있었다.

'설마? 게이트?'

이야기를 들은 적이 있다. 게이트가 열릴 때는 그 지역에 마나가 급상승한다고 한다. 그래서 어느 정도는 게이트가 열리는 장소를 예측 가능한데 그때 그 지역에 군인들이 투입된다는 이야기를 말이다.

게이트를 통해 나오는 몬스터 대부분은 SG가 상대를 하지만 일부 몬스터를 놓칠 경우를 대비해 군인들이 경계망을 구축한다.

그런데 문제는 군인들이 투입되기 전에 게이트가 열리는 지역의 시민을 모두 대피시키는데, 왜 자신은 집 안에 있느냐는 것이었다.

'설마 내가 자는 사이에 대피령이 내린 건가?'

김호철이 그런 생각을 하고 있을 때 총소리가 요란하게 들려오기 시작했다.

타타타탕! 타탕! 쾅! 쾅!

총소리와 함께 폭발음도 연신 들려오는 것에 김호철이 한숨을 쉬었다.

"죽어라 죽어라 하는구만."

마나석이 사라진 것도 모자라 이제는 게이트까지…….

한숨을 쉬며 앉아 있던 김호철이 슬쩍 문을 열고는 군인들을 바라보았다.

-2번 구역 오크 셋.

-4번 구역 몬스터 둘.

-5번 구역 지원 요망! 지원 요망! SG 새끼들은 뭐 하는 거야!

군인들의 무전기를 통해 빠르게 통신이 들어왔다. 구역들이 어디인지는 몰라도 게이트에서 나온 몬스터들을 SG가 다

막지 못한 모양이었다.

'제발 이쪽으로만 오지 마라.'

문틈으로 군인들을 보며 김호철이 중얼거릴 때, 군인 중 하나가 어깨에 차고 있던 무전기를 눌렀다.

치이익!

"11구역 몬스터 발견. 꿀꺽! 데스 나이트…… 둘."

－데스 나이트? 확실해?

"맞습니다."

－SG 놈들, 데스 나이트를 놔두면 어쩌자는 거야.

"11구역으로 접근 중…… 사격하겠습니다."

－일반 탄으로 데스 나이트한테…….

무전기 너머에서 들려오는 소리는 분명 부정적이었지만 군인이 소리쳤다.

"접근합니다. 사격!"

군인의 외침과 함께 그가 M60의 방아쇠를 당겼다.

타타타탕!

연신 불을 뿜어내는 M60의 총성에 김호철이 귀를 틀어막았다.

타타타탕!

하지만 총성은 더욱 커졌다. 다른 병사들도 빌라 아래를 향해 총을 쏘아대고 있는 것이다.

'이런 제기랄! 이러다 죽는 것 아냐?'

마치 전쟁터에 나와 있는 것 같은 두려움을 느끼며 김호철이 급히 부엌으로 뛰어갔다. 그러고는 식칼과 과도를 양손에 들었다.

"제기랄!"

혹시라도 몬스터가 나타날 경우를 대비해 식칼과 과도를 챙기기는 했지만 자신이 생각해도 한심했다. 식칼과 과도로 몬스터를 상대하려 하고 있으니 말이다.

"제길!"

다시 한 번 욕설을 한 김호철이 문을 열었다. 아무래도 혼자 있는 것보다는 군인들 옆에 있는 것이…….

덜컥!

서걱!

문이 열리는 것과 함께 김호철의 눈에 공이 보였다.

부우웅!

부드러운 곡선과 함께 무언가 축축한 액체를 뿜으며 날아가는 공.

그 공은 김호철의 얼굴과 마주쳤다. 그리고 김호철은 곧 자신이 공이라 생각한 것이 사실은 공이 아니라는 것을 알 수 있었다.

한 청년의 머리가 자신의 눈앞에 있었다. 아직도 생기가 느껴지는 청년의 눈은 자신을 똑바로 쳐다보고 있었다.

그리고 아주 천천히 떨어지는 청년의 머리.

'이게 진짜야?'

참 현실감 없다는 생각을 하며 떨어지는 청년의 머리를 보던 김호철의 눈이 굳어졌다. 자신의 시야를 막고 있던 청년의 머리가 떨어지면서 그 너머의 모습이 눈에 들어왔다.

검은 안개와 같은 것을 몸에 두른 기사가 자신을 향해 뛰어오고 있었다. 점점 자신에게 달려오는 검은 기사의 모습이 김호철의 눈에 가득 차기 시작했다.

쿵!

묵직한 소리와 함께 검은 기사가 검을 휘둘렀다.

부웅!

분명 빠르게 날아오는 것일 테지만 김호철의 눈에는 아주 느리게 보였다.

그리고…… 자신을 노려보는 검은 기사의 눈이 보였다. 사람의 눈과는 다르게 동공이 십자형인 이상한 눈.

그 눈을 보는 김호철의 얼굴에 상황과는 어울리지 않는 의아함이 떠올랐다.

'이 눈…… 어제 꿈에서 본 것 같은데?'

그 생각과 함께 김호철은 어제 꿈을 떠올렸다. 그리고 수많은 눈 중 십자가로 빛나던 눈, 그리고 그 눈은 지금 눈앞에 있는 데스 나이트로 변하기 시작했었다.

−나…… 나를…… 불러…… 줘.

"데스…… 나이트."

작은 중얼거림과 함께 김호철의 몸에서 힘이 쫘악 빠져나갔다.

파지직! 파지직!

그와 함께 김호철의 몸에서 뇌전의 빛이 번뜩였다.

콰!

그런 김호철의 몸에 검을 휘두르던 데스 나이트가 비명을 질렀다.

"크아아악!"

김호철의 몸을 두르며 뿜어진 뇌전에 충격을 받은 것이다. 그리고 그 뇌전은 김호철의 몸에서 앞으로 쏟아져 나왔다.

파지직! 파지직!

화아악!

뇌전이 허공에서 뭉치기 시작하더니 푸른색의 데스 나이트의 형상을 갖추어 나가기 시작했다.

휘청!

몸에서 빠져나가는 힘에 기운을 잃고 주저앉던 김호철은

멍하니 자신의 몸에서 빠져나온 푸른색의 데스 나이트를 바라보았다.

'내 안에서 몬스터가…… 나왔다?'

뭐가 어떻게 돌아가는지 모르겠지만 자신의 몸에서 뿜어진 번개에서 데스 나이트가 튀어나온 것이다.

김호철이 의문 어린 눈으로 푸른색의 데스 나이트를 바라볼 때 그가 주먹을 강하게 움켜쥐었다.

파지직! 파지직!

그러자 데스 나이트의 손에서 뇌전이 솟구치더니 곧 커다란 망치가 모습을 드러냈다.

파지직! 파지직!

스파크를 일으키는 망치를 든 푸른색 데스 나이트가 검은 데스 나이트를 향해 달려들었다.

"죽는…… 거다."

음산하면서 낮은 중얼거림과 함께 데스 나이트끼리 싸움이 벌어졌다.

쿵! 파지직!

쿵! 파지직!

데스 나이트의 검과 망치가 부딪칠 때마다 큰 폭음이 들려왔고 사방으로 스파크가 터져 나갔다.

데스 나이트가 몸에서 빠져나온 순간 손가락 하나 들 힘이 없어 바닥에 주저앉은 김호철의 머리에 문득 영화의 한 장면이 떠올랐다. 얼마 전에 개봉한, 게이트를 막기 위해 싸우는 히어로들의 이야기…… 어벤져의 토르가 말이다.

그 영화에서 토르는 갑옷을 입은 채 뇌전이 몰아치는 망치를 휘둘렀었다. 영화에서 볼 때는 엄청 멋졌던 장면이었는데 지금은…….

'시발…… 무서워.'

망치가 한 번 휘둘러질 때마다 사방으로 뇌전이 번뜩였다. 그 뇌전 한 가닥에 맞기라도 하면 '아, 따가워!' 하는 것으로 끝나지 않을 것 같았다.

게다가 토르와 싸우는 데스 나이트는 보는 것만으로 무서웠다.

'도망칠까?'

정신없이 싸우는 두 데스 나이트를 보고 있자니 김호철은 이 자리를 빨리 벗어나고 싶다는 생각이 강렬했다.

김호철이 몸을 일으켰다.

부들부들!

하나 몸을 일으키던 김호철은 다시 그 자리에 주저앉고 말았다. 몸을 일으킬 힘조차도 남아 있지 않은 것이다.

털썩!

다시 바닥에 주저앉은 김호철이 앞을 바라보았다. 치열하게 싸우던 데스 나이트 둘은 어느새 다른 빌라의 옥상으로 넘어가 싸우고 있었다.

자기 집 옥상이 아닌 다른 빌라 옥상에서 싸우는 것을 본 김호철은 조금은 안심이 되었다.

'저기는 대체 어떻게 넘어간 거지?'

안심이 되자 조금은 쓸데없는 생각이 든 김호철이 바닥을 기었다.

바닥을 기어간 김호철이 죽어 있는 군인들의 시체에 다가갔다. 군인 시체에 떨어져 있는 총이라도 집어 들려는 것이다.

총에 다가가던 김호철의 몸이 굳어졌다. 시체에서 흘러내린 피가 웅덩이를 만들어놓은 것이다.

사람 몸에서 이렇게 많은 피가 나오나 싶을 정도로 넓게 퍼져 있는 피 웅덩이를 보던 김호철이 옆으로 기어갔다. 차마 피 웅덩이 위를 기어갈 자신은 없었다.

총이 있는 곳으로 기어가던 김호철의 눈에 문득 다리가 보였다.

푸른색으로 빛이 나고 있는 다리.

그리고 다리를 본 순간 김호철의 몸이 벌떡 들어 올려졌다.

"헉!"

멱살이 잡힌 채 허공에 붕 뜬 김호철은 자신을 노려보고 있는 푸른색의 데스 나이트를 볼 수 있었다.

'죽는 건가?'

자신이 이름 붙인 데스 나이트, 토르를 보며 김호철이 죽음에 대한 공포를 느꼈다.

파지직! 파지직!

토르의 몸에서는 연신 스파크가 일고 있었다.

자신의 멱살을 쥐고 있는 토르의 팔을 잡고 버둥거리고 있을 때 뭔가가 김호철의 얼굴 앞에 들이밀어졌다.

스윽!

눈앞에 들이밀어진 것은 시커먼 색을 띤 마나석이었다. 그것도 주먹만 한 크기의 커다란.

김호철이 만들던 D급과는 크기부터가 비교할 수 없는 최상등급의 마나석이었다.

마나석에서 뚝뚝 떨어지는 액체를 보니 아마도 데스 나이트를 죽이고 그 몸에서 방금 뽑아온 것 같았다.

하지만 중요한 것은…….

'이게 대체 얼마짜리야?'

지금 죽을 위기에 처한 상황에서도 김호철은 눈앞에 있는 마나석에 대한 욕심이 무럭무럭 자라났다.

지금 눈앞에 있는 크기의 마나석이라면 최소한 억 단위다.

아마도 십억 이상의 가치는 충분히 가질 것이다. 그런 물건이 지금 눈앞에 있는 것이다.

그에 김호철이 욕심 어린 눈으로 마나석을 볼 때 토르가 그를 내려놓았다.

탓!

땅에 다리가 닿자 조금은 안도가 되던 김호철의 얼굴에 공포가 어렸다.

그를 놓아준 토르가 그의 입을 강제로 벌린 것이다. 손가락 두 개를 그의 입에 넣고 벌리자 김호철의 입은 찢어질 듯이 크게 벌어졌다.

"커, 커억!"

턱이 빠질 것처럼 크게 입이 벌어지자 김호철의 눈에서 눈물이 흘렀다. 그런 김호철을 보며 토르가 마나석을 그의 입에 강제로 쑤셔 넣기 시작했다.

"우우욱! 우욱!"

고개를 돌려 마나석이 들어오는 것을 막으려 했지만 소용없었다. 점점 밀고 들어오는 마나석이 결국 그의 입에 다 들어왔다.

'숨, 숨이…….'

입안에 가득 찬 마나석에 김호철이 숨을 쉬지 못하고 괴로워할 때 토르가 그의 머리와 턱을 양손으로 잡고는 강하게 눌렀다.

으드득! 으드득!

이가 부러진 것인지 입안에서는 뭔가 부서지고 갈리는 것 같은 소리가 났다.

"우우욱! 우욱!"

김호철이 계속 버둥거렸지만 토르는 머리를 잡은 손을 놓지 않았다.

토하고 싶었지만 토르의 손에 잡혀 토하지도 못하고 콧물과 눈물만 질질 흘리던 김호철의 목구멍 안으로 마나석이 넘어갔다.

"켁! 켁!"

주먹만 한 마나석이 목구멍을 넘어가자 토르가 그제야 김호철을 놓아주었다.

털썩!

땅에 떨어진 충격도 잠시, 금방 김호철은 온몸에 힘이 넘치는 기분을 느꼈다.

'힘이 넘친다.'

말 그대로 김호철은 지금 온몸에서 힘이 넘치고 있었다. 지금이라면 벽돌도 주먹으로 때려 부술 수 있을 것 같았다.

게다가…….

파지직! 파지직!

그의 손에서 스파크가 일어나고 있었다.

'이게 뭐야?'

게다가 스파크는 특이하게도 검은색을 띠고 있었다. 자신의 손에서 벌어지는 현상에 김호철이 의아해 고개를 들었다. 그런데 눈앞에 있던 토르의 모습은 어느새 사라지고 없었다.

"어?"

놀라 몸을 일으킨 김호철이 주위를 둘러보았다. 자신이 꿈이라도 꾼 것인가 싶었지만 옥상에 펼쳐져 있는 참혹한 모습과 건너편 빌라 난간에 걸쳐져 있는 데스 나이트 시신을 보면 꿈이 아니었다.

하지만…….

파지직! 파지직!

그의 손에서 번쩍이고 있는 검은색의 스파크들은 김호철에게 현실감을 주지 못하고 있었다.

타타탕! 타탕!

여전히 들려오는 총소리를 들으며 김호철이 주위를 보다가 몸을 낮춰 난간 쪽으로 다가갔다. 주위 상황이 어떻게 되는지 보려는 것이다. 슬쩍 고개를 들어 밖을 보니…….

'전쟁터가 따로 없네.'

거리에는 어디서 튀어나왔는지 군인들이 총질을 해대고

있었고 한쪽에는 몬스터로 보이는 괴물들이 달려오고 있었다.

타타타탕! 타탕!

마치 미친 황소처럼 달려오는 몬스터들은 군인들의 총탄 수십 발을 맞고서야 쓰러졌으나, 그 뒤를 다른 몬스터들이 채워 달려오고 있었다.

'SG, 이 새끼들은 일을 어떻게 하는 거야!'

"크아악!"

달려오는 몬스터에게 들이받혀 튕겨져 나가는 군인의 비명에 김호철이 입술을 깨물었다. 지금도 무섭고 도망가고 싶은 마음은 굴뚝같지만 동생뻘의 청년들이 밑에서 죽어 나가고 있는 것을 보니 피가 거꾸로 솟는 것 같았다.

그에 김호철이 옆을 바라보았다. 그의 눈에 난간에 거치되어 있는 M60이 들어왔다. 몸을 일으킨 김호철이 M60을 잡고는 몬스터들을 향해 총구를 겨냥했다.

M60을 다뤄본 적은 없지만 그는 대한민국의 자랑스러운 육군 병장 출신이었다.

'M60이나 K2나 방아쇠 당기면 나가는 것은 똑같지.'

속으로 중얼거린 김호철이 M60을 강하게 움켜쥐었다.

파지직! 파지직!

김호철의 손바닥을 타고 검은 스파크가 M60에 흐르기 시작했다.

그리고…….

김호철이 방아쇠를 당기는 것과 함께 M60이 불을 토하기 시작했다.

타타타타타탕!

타타탕!

프리 헌터 박천수는 귀를 손가락으로 후벼 팠다. 총소리를 계속 듣고 있자니 골이 다 흔들리는 것 같았다.

빌라 골목 쪽에 몸을 숨기고 있던 박천수가 고개를 들었다.

'골목 안이라 소리가 더 울리는 건가?'

사방에서 들려오는 긴박한 총소리와는 조금 어울리지 않는 생각을 하며 박천수가 핸드폰을 꺼내 골목 밖으로 슬쩍 내밀었다. 그렇게 하면 굳이 머리를 내밀지 않아도 골목 밖 상황을 핸드폰을 통해 볼 수 있었다.

'트롤이라……. 쉽지 않겠군.'

핸드폰 화면에 비쳐 보이는 몬스터는 트롤이었다. 3m 덩치를 가진 녹색의 거인 몬스터.

군인의 총탄으로는 트롤에게 큰 피해를 줄 수 없다. 트롤을 없앨 수 있는 현대 무기는 탱크 정도의 포탄밖에 없다.

그런 생각을 하던 박천수가 품에서 담뱃갑을 꺼냈다. 투명한 유리로 만들어진 담배 케이스를 보던 박천수가 그중 붉은 종이로 싸인 담배를 꺼내 입에 물었다.

라이터로 담배에 불을 붙인 박천수가 연기를 깊이 빨아들였다.

"흡……."

담배 한 개비가 한 모금에 재가 되는 묘기를 보인 박천수가 연기를 뿜어냈다.

"후우우우!"

박천수의 입에서 뿜어진 연기가 낮게 깔리기 시작했다. 그런데 신기하게도 담배 연기는 흩어지지 않았다.

이것이 박천수의 능력, '스모크 랜드'였다.

발밑에 깔려 있는 스모크 랜드를 보며 박천수가 슬쩍 골목 밖으로 고개를 내밀었다.

타타타탕! 타탕!

빠르게 달려오는 트롤들을 보며 박천수가 그중 피를 많이 흘리는 놈으로 정했다.

"가서 데려와라."

박천수의 말을 알아듣기라도 하듯 스모크 랜드에서 담배 연기 한 가닥이 흘러나오더니 트롤을 향해 빠르게 다가갔다.

그리고 트롤의 코로 담배 연기가 빨려 들어갔다. 그러자 앞만 보고 미치듯이 달려가던 트롤의 고개가 박천수가 있는 골목 쪽으로 돌아가더니 달려오기 시작했다.

박천수의 담배의 향에 유혹을 당해 달려오고 있는 것이다. 그런 트롤을 보며 박천수가 유리 케이스에서 담배 두 개비를 꺼내 하나는 입에 물고 하나는 귀에 꽂았다.

"트롤이면 C+ 정도인가?"

박천수의 직업은 프리 헌터, 일명 하이에나다. 능력자라 하면 SG를 떠올리지만 많은 능력자가 나라에 속하지 않고 박천수처럼 프리로 사냥을 한다. SG로서 벌 수 있는 돈보다 프리로 뛰면서 벌 수 있는 돈이 더 크기 때문이다.

물론 나라의 지원을 받는 SG에 비해 위험부담이 더 크기는 하지만 그만큼 더 큰 수입이 보장이 된다. 게다가 몬스터도 골라서 사냥을 할 수 있다. D등급은 잡아도 마나석이 나올지 안 나올지 알 수 없지만, C등급에 속하는 트롤과 같은 몬스터들은 백 프로 마나석이 나온다.

다가오는 트롤을 보며 담배에 불을 붙이던 박천수의 얼굴이 굳어졌다.

타타타타탕!

다가오던 트롤의 몸에 총알이 박히는 것을 본 것이다. 물론 총알이 박힌 것만으로 박천수가 놀란 것은 아니다.

총알에 박힌 트롤이 검은색 스파크를 뿜어내더니 그대로

뒤로 자빠져 버린 것이다.

'마탄(魔彈)?'

일반적인 물리 공격으로는 상대하기 힘든 몬스터를 잡기 위해 만든 마법 처리가 된 탄알이 '마탄'이다.

하지만 박천수는 지금 날아오는 총알들이 마탄이 아니라 생각했다. 마탄 한 발은 같은 무게의 금보다 더 비싸다. 그래서 마탄은 저격수들이 한 발씩 사용하지 지금 보는 것처럼 연발로 쏘지는 않는 것이다.

그에 박천수가 총알이 날아오는 방향을 바라보았다. 총알은 검은 번개와 같은 잔흔을 남기며 쏘아지고 있어서 사수를 확인하는 것은 그리 어렵지 않았다.

타타타탕!

빌라 옥상에서 한 남자가 기관총을 쏘고 있는 것을 본 박천수가 고개를 갸웃거렸다.

'SG는 아닌 것 같은데, 발사 계열 능력자인가? 게다가 더블 속성 소유자인 것 같은데.'

무기에 자신의 힘을 실어서 사용하는 발사 계열 능력자는 흔한 편이다. 박천수도 담배 연기에 자신의 힘을 실어 사용하는 발사 계열이다. 하지만 두 가지 속성을 동시에 사용하는 능력자는 흔하지 않다.

'어둠과 뇌인가? 둘 다 흔하지 않은 속성인데 그것을 둘

다 사용하는군.'

속으로 중얼거리며 빌라를 올려다보던 박천수가 미소를 지었다.

'어쨌든 내 수고를 덜어주니 고마운 일이지.'

속으로 중얼거린 박천수가 담배 연기를 빨아들였다가 뿜어냈다.

"후우우!"

박천수의 입에서 뿜어진 길고 가는 연기가 쓰러져 있는 트롤의 시신에 다가가기 시작했다.

타타타탕!

김호철은 연신 방아쇠를 당기고 있었다. 그리고 지금 김호철은 조금, 아니, 많이 흥분을 한 상태였다.

방아쇠를 당길 때마다 생기는 강한 울림이 그의 몸을 울렸고 그럴 때마다 기분 좋은 쾌감이 느껴졌다.

타타탕!

게다가 그가 쏘는 탄에 몬스터들이 피를 뿌리며 쓰러져 나가는 것을 보니 어쩐지 자신이 대단한 무언가가 된 것 같은 느낌까지 들었다.

하지만 그런 생각은 곧 끝이 났다.

철컥!

탄이 모두 소진된 것이다.

철컥! 철컥!

몇 번 더 방아쇠를 당겨본 김호철이 빌라 밑을 바라보았다.

빌라를 향해 달려오던 몬스터는 대부분 죽고 남은 놈들을 병사들이 총을 쏴 사살하고 있었다.

그것을 보고 있을 때 무전기가 울리기 시작했다.

–게이트 상황 종료. 각 구역 상황 보고.

–3번 구역 상황 종료.

–6번 구역 상황 종료.

무전기에서 들려오는 소리에 김호철이 안도의 한숨을 쉬며 주저앉았다.

악몽과 같은 현실이 이제야 끝이 난 것이다.

3장
능력자 각성이란?

옥상에 쓰러져 있는 시신들은 군인들이 와서 수습을 해갔다. 그리고 상황 조사를 위해 김호철은 한 군인과 이야기를 나누고 있었다.

"주무시고 일어나 보니 군인들이 있었다는 말입니까?"

"그렇습니다. 아마 제가 너무 깊이 잠들어버려서 게이트 대피 방송을 듣지 못했던 것 같습니다."

"간혹 그런 경우가 있습니다."

서류에 김호철이 하는 말을 적으며 군인이 반대쪽 옥상에 쓰러져 있는 데스 나이트를 바라보았다.

"데스 나이트를 죽인 것은 누구였습니까?"

군인의 말에 김호철은 미리 생각을 해놓은 답을 했다.

"저도 잘 모르겠습니다. 너무 무서운 상황이라서 그저 웅크리고 있었습니다."

"잘하셨습니다. 괜히 몬스터들의 눈에 띄어서 좋을 것은 없지요."

고개를 끄덕인 군인이 M60이 설치되어 있던 곳을 가리켰다.

"M60을 쏘신 것이 혹시 김호철 씨입니까?"

군인의 말에 김호철이 고개를 끄덕였다.

"우리 병사들이 몬스터들에게 죽는 것을 보고 있으니 피가 끓어오르더군요."

"전우들을 대신해 감사 인사드리겠습니다."

"지금은 전역했지만, 저 역시 한 명의 군인이었습니다. 당연히 해야 할 일을 했을 뿐입니다."

김호철의 말에 군인이 웃으며 말했다.

"김호철 씨 같은 예비역분들이 있어 저희 후배들은 든든합니다."

말과 함께 군인이 경례를 하자 김호철도 마주 경례를 하고는 손을 내렸다.

"그런데 여기 보상은 어떻게 되는 것입니까?"

김호철의 말에 군인이 옥상을 한 번 바라보았다. 옥상은 전투 흔적이 요란했고 건물 일부가 파손이 되어 있었다.

"게이트 관련 보험 회사에서 현장 조사를 나오기는 하겠지만…… 보상은 많이 나오지 않을 것입니다."

안타깝다는 듯 말을 하는 군인을 보며 김호철이 한숨을 쉬었다.

"보상 시간도 오래 걸리겠군요."

"죄송합니다."

군인이 죄송할 일은 아니었지만 그의 사과에 김호철이 고개를 끄덕였다.

"알겠습니다."

"대신 저희 애들한테 청소를 하라고 말을 해놓겠습니다. 최소한 핏자국은 없애드리겠습니다."

"고맙습니다."

군인이 몸을 돌려 병사들하고 빗자루를 가져다 옥상에 물을 뿌리고는 청소를 하기 시작했다.

다른 곳에는 이렇게까지 해주지 않지만 김호철이 몬스터를 향해 M60을 쏘아댄 것에 전우애라는 것이 생긴 것이다.

군인들이 떠난 자리는 부서진 흔적은 남아 있었지만 핏자국은 남아 있지 않았다.

군인들이 가고 난 후 빌라 주인이 올라와 한숨을 쉬다 내려갔다. 건물 주인의 입장에서 보상 문제는 김호철보다 그가 더 걱정스러운 일인 것이다.

빌라 주인까지 떠난 자리를 보며 김호철은 옥상 난간에 엉덩이를 붙였다. 그러고는 자신의 손을 내려다보았다.

'대체 나한테 무슨 일이 생긴 거지?'

자신의 몸에서 뇌전이 뿜어지고 몬스터가 튀어나왔다. 자신에게 벌어진 일이 아닌 타인에게 벌어진 일이라면 김호철은 그저 고개를 끄덕였을 것이다.

능력자네. 이런 생각을 하면서 말이다. 하지만 자신에게 벌어지니 쉽게 받아들이기가 어려웠다.

그에 잠시 자신의 손을 보던 김호철이 주먹을 움켜쥐었다. 주먹에 핏줄이 올라오기는 했지만 그뿐, 아까처럼 검은 뇌전은 보이지 않았다.

"내가 본 것이 헛것이었나?"

몇 번 손을 쥐었다 폈다 하던 김호철이 데스 나이트를 떠올렸다.

자신의 몸에서 나왔고, 자신을 죽이려는 데스 나이트를 죽였다. 거기에 데스 나이트의 최상급 마나석까지……. 물론 그것을 준 방법이 마음에 드는 것은 아니다. 하지만 생각해보면 다 자신을 위해서 한 일인 것 같았다. 마나석을 먹자 몸에 힘이 돌았으니 말이다.

하지만 차마 데스 나이트를 입에 담을 수는 없었다. 그 무시무시한 놈이 다시 나타나면 무서우니 말이다.

그런 생각을 하던 김호철이 핸드폰을 꺼내 들었다.

능력자 각성 어떻게 하는 건가요?

그런 글을 적고 검색을 누르려던 김호철의 옆에서 목소리가 들려왔다.

"인터넷에서 그런 것 보고 죽는 사람이 얼마나 많은 줄 아나?"

갑자기 옆에서 들린 소리에 김호철이 놀라 옆을 바라보았다. 한 서른 중반 정도로 보이는 사내가 고개를 숙인 채 그를 보고 있었다.

"헉!"

놀라 몸을 일으키던 김호철은 순간 자신이 옥상 난간에 걸터앉아 있던 것을 잊었다. 그에 뒤로 넘어가려는 김호철의 어깨를 사내가 급히 잡았다. 김호철을 잡아 안으로 당긴 사내가 혀를 찼다.

"휴! 조심 좀 하게."

사내의 말에 김호철이 눈을 찡그렸다.

'지금 누구 때문에 떨어질 뻔했는데!'

자신을 노려보는 김호철을 보며 사내가 말했다.

"인터넷에 떠도는 능력자가 되는 각성법들이라는 것이 빌딩이나 다리에서 떨어지거나, 수면제 한 통 먹고 자는 등 자살하기 딱 좋은 방법들만 있으니 그런 건 보지 마. 아주 쓸데없는 일이니까."

사내의 말에 그를 보던 김호철이 말했다.

"조사라면 군에 다 설명을 했습니다만."

김호철의 말에 사내가 고개를 저었다.

"군에서 나온 것도 아니고 자네를 조사하기 위해 온 것도 아니야."

"누구십니까?"

김호철의 물음에 사내가 피식 웃고는 크로스백을 열었다. 크로스백을 여는 것에 김호철의 시선이 슬쩍 그곳을 향했고, 곧 그의 눈이 놀람으로 커졌다. 크로스백 안에 마나석이 들어 있는데, 하나둘이 아니었다.

게다가 그 크기…….

'C급이다.'

D급이 백에서 오십에서 거래가 된다면 C급은 열 배가 넘는 가격에 거래가 된다. 싸도 천오백, 비싸면 삼천까지 가능한 것이 바로 C급 마나석인 것이다.

'저걸 다 합치면 대체 얼마야?'

김호철이 그런 생각을 할 때 사내가 마나석을 하나 꺼내 내밀었다.

"프리 헌터 박천수네."

박천수의 말에 김호철이 그를 보다가 마나석을 받았다.

"주는 겁니까?"

"자네 덕에 많이 챙겼으니 자네 몫이라고 생각해."

그렇지 않아도 가지고 있던 마나석이 모두 돌가루가 되어버려 돈도 부족했는데 마다할 김호철이 아니다.

"제 덕? 무슨 말입니까?"

김호철의 말에 박천수가 거리를 내려다보며 말했다.

"여기서 몬스터들 쏴 죽였잖아. 그 덕에 내가 몬스터 마나석을 좀 챙겼지."

거리를 보던 박천수가 김호철을 향해 고개를 돌렸다.

"각성한 지 얼마 안 된 건가? 아니면 오늘 한 건가?"

"제가…… 능력자가 된 것입니까?"

"후! 오늘 각성한 모양이군."

김호철의 말에 박천수가 고개를 끄덕였다.

"처음 각성을 하면 얼떨떨하기도 하지. 내가 진짜 TV에 나오는 능력자가 맞나 싶기도 하고."

박천수가 김호철을 보며 말을 이었다.

"능력에 대해서 잘 감도 오지 않겠지?"

"제가 능력자인지도 잘 모르겠습니다."

김호철의 말에 박천수가 고개를 끄덕였다.

"처음에는 다 그렇지. 나도 내 능력 찾겠다고 담배 수십 종을 피워댔으니까."

무슨 말인지 모를 말을 한 박천수가 입을 열었다.

"아까 보니 자네의 능력은 사물에 힘을 깃들게 해 발사하는 발사 계열 능력자로 보이더군."

박천수가 총을 쏘는 시늉을 하자 김호철이 물었다.

"제 능력을 확인하려면 어떻게 해야 합니까?"

"그것이야 자기 능력이 뭔지 확실히 아는 것부터 시작을 해야지."

"그러니까. 그걸 어떻게……."

김호철의 물음에 박천수가 그를 보다가 웃으며 고개를 저었다.

"우리 초면인데 내가 너무 많이 도와주는 것 같지 않나?"

"저에게 원하시는 것이 있으십니까?"

"이해가 빠르니 좋군."

고개를 끄덕인 박천수가 김호철에게 명함 한 장을 내밀었다.

〈행복 능력자 용역 사무소〉

현장 용역 2팀 팀장 박천수

명함에 적혀 있는 직함을 읽은 김호철이 박천수를 바라보았다.

"능력자 용역 사무소?"

"SG와 비슷하다고 보면 돼. 다만 우리는 시민의 안전과 건강보다는 우리의 안전과 건강을 조금 더 추구하는 편이지. 그리고 돈도 조금 더 추구하고."

"제가 용역 사무소에 들어오기를 바라는 것입니까?"

"일단은 제의지."

"하지만 제 능력도 잘 모르시지 않습니까?"

김호철의 말에 박천수가 고개를 끄덕였다. 그 말이 맞다. 김호철 자신도 자신의 능력을 잘 모르는데 박천수가 그 능력을 알 수는 없다. 다만, 박천수는 자신이 본 것을 믿었다.

'트롤과 같은 중형 몬스터를 죽일 수 있는 발사 계열 능력이면 족하다.'

게다가 김호철은 오늘 각성한 능력자다. 그 말은 어떻게 계발하느냐에 따라 더 큰 능력을 발휘할 수도 있다.

아직 다 긁지 않은 복권이지만 지금 나온 숫자만으로도 3등은 확정된 복권이 바로 김호철인 것이다. 그래서 박천수는 김호철을 영입하려는 것이다.

김호철을 보던 박천수가 말했다.

"능력이야 차차 알아가면 되겠지. 그래서…… 생각 있나?"

박천수의 말에 김호철이 그를 보다가 입을 열었다.

"차차 알아가야 할 능력이 뭔지 몰라서 지금은 좀 생각을 해야 할 것 같습니다."

"우리 쪽 일이 어떤 것인지도 모르는데 쉽게 받아들일 것이라 생각하지 않았지. 그래, 그럼 생각을 좀 해보고 생각 있으면 인천 부평공원 앞에 있는 수정 카페로 와."

말과 함께 몸을 돌려 걸어가는 박천수를 보며 김호철이 말했다.

"능력을 알 수 있는 힌트라도 주시면 안 됩니까?"

김호철의 말에 박천수가 힐끗 그를 돌아보았다.

"생각."

"네?"

"각성했을 때를 잘 생각해 봐. 그리고 내가 힌트를 하나 더 주자면…… 능력에 한계를 두지 마. 능력자의 힘은 자신의 능력을 얼마나 더 이미지화할 수 있느냐니까."

잘 있으라는 듯 손을 들어 보인 박천수가 사라지자 김호철이 가만히 있다가 손에 들려 있는 마나석을 바라보았다. 일단, 오늘 일은 꿈이 아니었다.

잠시 마나석을 보던 김호철이 주위를 둘러보고는 집으로 들어갔다. 잡생각이 너무 많아서 몸을 움직이며 머리를 정리하려는 것이다.

집 안으로 들어온 김호철은 회색 가루로 덮여 있는 방 안을 보고는 집기들을 하나둘씩 밖으로 빼내기 시작했다.

방에 있는 물품을 모두 빼낸 김호철이 청소기로 회색 가루를 모두 빨아들였다. 그러고는 물티슈로 방을 닦아내기 시작했다. 혼자 자취하는 남자한테 쓰고 버리는 물티슈만큼 만능 아이템도 없었다.

그렇게 방 안을 모두 치운 김호철이 물티슈를 가지고 집 밖으로 나왔다.

집 밖에 나와 있는 집기들도 하나씩 물티슈로 청소하고 나자 어느새 하늘이 어둑어둑해져 있었다.

"휴!"

잠시 쉬기로 한 김호철이 옥상 난간에 엉덩이를 붙였다.

집 밖에 나와 있는 책상과 컴퓨터, 그리고 침대까지.

이것들을 다시 집어넣어야 하니 아직 해야 할 일이 많았다. 하지만 좋은 점은 몸을 움직여 청소를 하고 땀을 흘려서 그런지 오늘 일로 생긴 긴장이 조금은 풀렸다는 것이다.

잠시 집기들을 보던 김호철의 눈에 책상 위에 놓여 있는 마나석이 보였다.

박천수가 주고 간 C급 마나석.

마나석을 보던 김호철이 자신의 손을 바라보았다.

"각성했을 때를 잘 생각해 봐. 그리고 내가 힌트를 하나 더 주자면…… 능력에 한계를 두지 마. 능력자의 힘은 자신의 능력을 얼마나 더 이미지화할 수 있느냐니까."

박천수가 남긴 말을 떠올리던 김호철이 각성이라고 해야 하나? 어쨌든 데스 나이트가 튀어나왔을 때를 떠올렸다.

"데…… 험!"

데스 나이트를 부를 뻔했던 김호철이 급히 입을 다물고는 속으로 생각했다.

'그놈을 부르니까. 나왔어. 그리고 그 눈…….'

데스 나이트가 자신을 향해 달려왔을 때, 그 눈을 보았다. 사람의 눈과 달리 십자가 형태를 띠고 있는 동공. 그리고 그것을 본 순간 꿈에서 보았던 눈이 떠올랐었다.

'그때 내 생각에서 그 눈이 데스 나이트로 변했어. 그럼 역시 그 데스 나이트를 부른 것은 나인가?'

그런 생각을 하던 김호철이 잠시 마나석을 보다가 고개를 저었다. 데스 나이트를 불러 그것이 자신의 적인지 아닌지 확인을 해보고 싶었지만…… 두려웠다.

그 괴물을 다시 보는 것이…….

'일단 데스 나이트 확인은 나중에…….'

라는 생각과 함께 김호철이 자신의 손을 바라보았다.

"생각의 이미지화…… 생각을 이미지화한다."

자신의 손에서 검은 뇌전이 번뜩였던 것을 생각하며 김호철이 정신을 집중했다.

"생각의 이미지화……."

작게 중얼거리며 김호철이 자신의 손에서 검은 뇌전이 생기는 것을 떠올렸다.

…….

되지 않았다.

"후우! 생각의 이미지화……."

다시 한 번 작게 중얼거린 김호철이 손을 보며 집중했다. 손에서 뇌전이 생기는 것을 말이다. 하지만 여전히 되지 않았다.

'아무래도 익숙한 이미지가 아니라서 그런가?'

뇌전은 자동차나 핸드폰 책상과 같이 자신에게 익숙한 이미지가 아니다. 뇌전이 어떻게 생겼는지 감은 오지만 익숙하지 않다 보니 이미지화하는 것이 쉽지 않았다.

그에 김호철이 핸드폰을 꺼내 들었다. 그리고 인터넷을 검색해 벼락이 치는 동영상을 찾아보기 시작했다.

우르릉! 콰콰쾅!

대체 어디에서 치는 번개인지 모르겠지만 동영상에서는 쉴 새 없이 번개가 내리치고 있었다.

"이 동네 사는 사람들 잠은 다 잤네."

동영상에 달린 댓글을 보니 분당 55번의 번개가 쳤다고 하니, 일 분 동안 쉴 새 없이 계속 번개가 내리친 것이다.

그런 생각을 하며 김호철은 핸드폰 소리를 최대로 키우고는 벼락을 계속 바라보았다. 그렇게 한참을 보던 김호철이 자신의 손을 바라보았다.

우르릉! 우르릉!

뇌성을 들으며 자신의 손을 계속 바라보던 김호철의 눈이 반짝였다.

파지직! 파지직!

김호철의 손바닥에서 스파크가 작게 일어나고 있었다. 푸르도록 하얀빛을 가진 스파크가 말이다.

'된다.'

스파크가 일어나는 것을 보며 김호철이 이 느낌을 잃지 않기 위해 정신을 집중했다.

파지직! 파지직!

손바닥에서 일어나는 스파크를 유지하는 데 성공한 김호철의 머릿속에 박천수가 한 말이 다시 떠올랐다.

'능력자의 힘은 생각의 이미지화라고 했다. 그렇다면 내가 생각하는 이미지에 따라 변한다는 건가?'

뇌전이 손바닥에서 흐르고 있는 것을 보던 김호철이 양손을 합장했다.

파지직! 파지직!

합장한 손에서 흐르는 스파크를 보며 김호철이 손을 조금씩 떼어내기 시작했다.

파지직! 파지직!

손바닥과 손바닥 사이를 오가는 스파크를 보던 김호철이 그 사이를 더욱 넓혔다.

파지직! 파지직!

손바닥 사이가 넓어지자 스파크가 오가는 것이 끊겼다. 하지만 김호철이 스파크가 오가는 것을 생각하고 그것을 계속 이미지화하자……. 어느새 김호철이 활짝 벌린 양손 사이로 뇌전이 빠르게 오가기 시작했다.

'생각의 이미지화…….'

그 말이 무슨 의미인지 안 김호철은 재미를 느꼈다. 뇌전이 자신이 생각한 대로 움직이는 것을 말이다.

뇌전을 움직이는 재미에 빠진 김호철은 한 가지를 잊고 있었다. 그가 봤던 뇌전은 검은 뇌전이었지, 지금처럼 밝은 빛의 뇌전이 아니었음을 말이다.

다음 날 아침, 김호철은 버스를 타고 어딘가를 향하고 있었다. 늘 메고 다니던 가방을 무릎에 올린 채 가만히 창밖을 보던 김호철이 핸드폰을 꺼냈다.

〈능력자 자격증〉

–각성한 능력자는 국가시험을 통해 능력자 자격증을 취득할 수 있다.

–능력자 자격증을 취득하면 게이트 발동 지역에 들어갈 수 있는 자격이 주어진다.(게이트가 발동되면 지역이 격리되기에 일반인은 이동이 불가능합니다.)

–능력자 자격증은 총포 소지 자격증과도 동일한 효력을 발휘합니다.

–능력자 자격증 소지 시 전국 병원 치료비를 30% 할인해 줍니다.(의료보험과 중복 사용 가능.)

능력자로 자격증은 각성한 사람이나 능력이 있는 이들이 나라에서 시험을 보고 받는 자격증이다. 그런데 이 자격증의 혜택이 어마어마했다.

작게는 버스, 지하철 무료 이용 등이 있었고, 특이하게도 총이나 칼과 같은 무기를 살 수 있고 소지 면허까지 겸용하고 있었다.

[이번 정류장은 여의도 SG빌딩입니다.]

능력자 자격증에 대한 설명을 읽던 김호철은 자신이 내려야 할 곳에 도착했음을 알고는 버스에서 내렸다.

나라에 소속된 SG의 본부, SG빌딩 정류장에서 버스에 있던 사람 중 대부분이 내리는 것에 김호철이 침을 삼켰다.

'이 사람들도 능력자 시험을 보러 온 모양이구나.'

김호철은 오늘 능력자 자격증을 따기 위해 SG빌딩에 왔다.

박천수가 한 제안도 있으니 그에게 물어 도움을 받을 수도 있었지만 아무것도 모르는 초보로 그를 만나기보다는 자기 힘으로 자격증을 딴 뒤 만난다면 대우가 조금 더 좋아질지도 모른다는 생각에 스스로 자격증을 따러온 것이다.

능력자 자격증 시험은 SG빌딩에서 치러진다. 시험 가능 시간은 월요일에서 금요일, 오후 두 시부터 네 시까지다. 시험을 보고자 하는 사람은 두 시까지 SG빌딩으로 오면 된다.

시계를 본 김호철은 두 시가 되려면 삼십 분쯤 남은 것을 보고는 고개를 끄덕였다. 늦지는 않은 것이다. 잠시 주위를 둘러본 김호철이 SG빌딩으로 걸음을 옮겼다.

SG빌딩은 정류장에서 그리 멀지 않았다. 걸어서 오 분 정도 걸으니 그 앞에 도착할 수 있었다.

빌딩 앞에는 사람들이 모여 있었다.

웅성! 웅성!

"이번에는 꼭 붙어야 하는데."

"이상하게 시험만 보면 힘이 왜 안 나오나 모르겠어요."

"이번에는 긴장하면 안 돼. 후! 긴장하면 안 돼."

'능력자 시험을 보러 온 사람들인가 보구나.'

사람들이 웅성거리는 소리에 김호철이 그들에게 다가갔다. 사람들 뒤에 가서 선 김호철은 앞에 선 덩치가 좀 큰 사람의 등을 살짝 두들겼다.

"저기, 여기가 시험 보는 사람들이 대기하는 곳입니까?"

김호철의 말에 앞에 있던 사람이 그를 돌아보았다.

"네, 여기예요."

덩치와는 다르게 조금은 가는 목소리를 가진 사람의 얼굴을 본 김호철이 살짝 놀랐다. 자기보다 머리 하나는 더 크고 근육질의 사람은…… 남자가 아니라 여자였다. 그것도 몸과는 다르게 무척 예쁘장하게 생긴 여자.

그런 김호철의 시선에 여자가 눈을 찡그렸다. 사람들이 자신을 이런 눈으로 보는 것이 싫은 것이다.

자신의 실수를 안 김호철이 급히 사과했다.

"죄, 죄송합니다."

"뭐가요? 나를 이상하게 쳐다본 거요?"

조금은 쏘아붙이는 듯한 여자의 말에 김호철이 급히 고개를 저었다.

"그게 아니라…… 여자분이실 것이라 생각을 못 해서."

"됐어요."

그대로 고개를 돌리는 여자의 모습에 김호철이 작게 한숨을 쉬었다.

'이런 덩치가 여자일 줄 누가 알아.'

속으로 투덜거린 김호철이 여자에게 신경을 끊고는 두 시가 되기를 기다렸다. 그사이에도 김호철의 뒤에는 사람들이 줄을 서기 시작했다. 대충 봐도 삼백 명은 넘을 것 같은 수에 김호철은 속으로 놀랐다.

"사람이 이리 많다니…… 능력자가 이렇게 흔한 건가?"

김호철의 중얼거림에 앞에 있던 여자가 그를 돌아보았다.

"능력자 시험 처음이에요?"

방금 전 화가 났던 것과는 달리 조금은 부드러운 여자의 목소리에 김호철이 고개를 끄덕였다.

"어제 각성을 해서 오늘 시험을 보러 왔습니다."

"각성이라……."

조금은 의미심장한 말과 함께 김호철을 보던 여자가 말했다.

"여기 있는 사람 대부분이 자신이 각성을 했거나 혹은 능력이 있다 생각을 해서 온 이들이에요."

"생각을 해서요?"

"그래요. 하지만 대부분은 착각이죠. 우연히 손을 내밀었더니 잔이 넘어졌다거나 다쳐야 할 상황에서 다치지 않았거나. 해서 혹시나 하는 마음에 시험을 보러온 거예요."

"그럼 대부분은 능력이 없다는 것인가요?"

"여기 오는 사람들마다 능력이 있다면 우리나라에 능력자 아닌 사람이 있겠어요?"

"그럼 왜 오는 것입니까?"

"그야 자기도 모르는 능력이 있을 수도 있다는 생각을 하니까요. 전에 왔을 때도 사람들이 이 정도 있었지만 대부분 다 1차에서 떨어졌어요."

"그 말은 그쪽도 떨어진 적이 있는 것입니까?"

김호철의 말에 여자가 고개를 끄덕였다.

"하지만 이번에는 달라요."

말과 함께 여자가 팔을 구부려 근육을 보여주었다.

"이런 근육, 여자한테 가당치도 않잖아요."

김호철이 보니 확실히 여자의 근육은 일반인이 가질 수 있는 크기가 아니었다. 그것도 여자라면 더욱…….

'이것도 능력이라면 능력이겠군.'

속으로 중얼거린 김호철이 손을 내밀었다.

"김호철입니다. 아까는 제가 실수했습니다."

"이영미예요. 그리고 아까는 저도 죄송했어요. 그런 시선을 자주 받다 보니 조금 날카로웠어요."

말과 함께 자신의 손을 잡는 이영미를 보며 김호철이 말했다.

"서로 열심히 합시다."

김호철의 말에 이영미가 고개를 끄덕이고는 앞을 바라보았다. 그리고 잠시 후 사람들이 이동하기 시작했다.

"4번 출구로 들어가시면 됩니다."

사람들을 안내하는 경찰의 말에 김호철도 4번 출구로 걸음을 옮겼다.

"1번 출구는 SG대원들만 들어가요. 2번은 SG직원들이, 3번은 출동할 때 사용하는 곳이에요."

몇 번 왔었는 듯 이영미가 설명을 해주었다.

"그렇군요."

4번 출구로 들어서자 바로 커다란 강당과 같은 곳이 나왔다. 사람들을 여섯 개의 줄로 나눈 경찰들이 탁자 여섯 개를 그들의 앞에 내려놓았다. 탁자 위에는 주먹만 한 마나석 하나가 놓여 있었다.

'C등급인가?'

집에 놓고 온 C등급 마나석을 떠올린 김호철이 앞을 바라보았다. 경찰관이 시험 방법을 말해주고 있었다.

“자격증 시험은 3차로 진행이 됩니다. 하지만 2차만 통과해도 자격증은 주어지니 3차 시험은 선택 사항입니다. 이곳에서는 1차 시험을 진행하겠습니다.”

경찰관이 탁자를 가리키며 설명을 이어 나갔다.

“탁자 위에 놓여 있는 마나석은 마나가 소진된 마나석입니다. 여러분은 마나석 옆에 있는 마법진으로 이루어진 손바닥 모양 그림에 양손을 올려 마나를 주입하면 됩니다. 여러분이 능력자로서 마나, 혹은 내공이라 불리는 기를 가지고 있다면 마나석은 빛을 낼 것입니다. 그럼 1차 합격입니다. 그럼 시작하겠습니다.”

경찰관의 말과 함께 사람들이 앞으로 나가 시험을 보기 시작했다.

“하악!”

“으라라라라!”

“파샤! 파샷! 파, 콜록! 콜록!”

사람들이 요란한 기합성을 뱉으며 용을 쓰기 시작했다. 하지만 대부분의 사람은 탁자에 놓인 마나석으로부터 미약한 빛도 나게 하지 못했다.

‘대부분 떨어진다는 말이 사실이구나.’

다행이라면 그의 앞에 있던 이영미의 마나석은 밝은 빛을

냈다는 것이었다.

잔뜩 긴장했는지 이영미가 얼굴에 흐르는 땀을 닦아내고는 김호철을 바라보았다.

'화이팅.'

작게 입모양으로 응원을 한 이영미를 보며 김호철이 숨을 깊게 쉬고는 탁자 앞으로 나갔다.

탁자 위에는 마나석과 두 개의 손바닥 그림이 그려져 있었다. 손바닥 그림 중심에는 동그란 마법진이 그려져 있었다.

'마법진에 뇌전을 주입하는 것 같은 이미지를 만들면 되는 건가?'

김호철이 그림에 손바닥을 올려놓았다.

'그런데 얼마나 뇌전을 만들어내야 하는 거지?'

어느 정도 마나에 마나석이 반응하는지 알 수 없는 김호철이 일단 자신이 만들어낼 수 있는 최대 뇌전을 만들기로 했다.

'뇌전.'

이미지를 떠올리는 김호철의 손바닥에서 스파크가 일어났다.

파지직! 파지직!

김호철의 손바닥에서 생겨난 뇌전이 순식간에 그 크기를 부풀리기 시작했다.

4장
능력자 자격증 시험

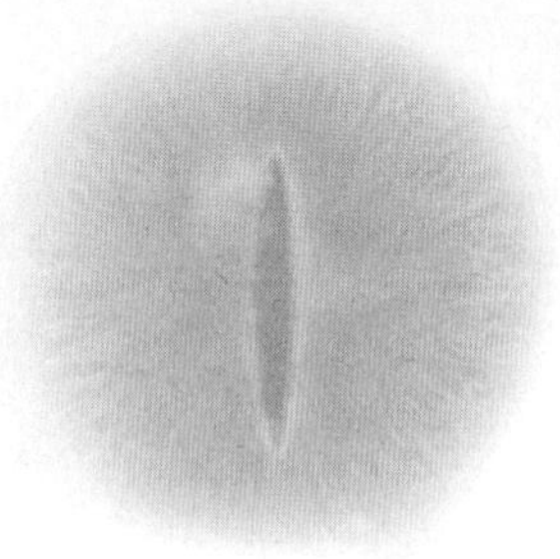

SG빌딩 경비대 이규환 경사는 능력자 자격증 시험을 감독하고 있었다.

'한 백 명 남았나?'

슬쩍 응시자의 수를 세어본 이규환 경사가 고개를 돌렸다. 그의 눈에 1차에 합격을 한 다섯 사람이 보였다. 이백 명가량 시험을 봐서 1차에 다섯이 합격했으니 아마 오늘 1차 합격자는 많아야 여덟, 아니면 열 명 정도 될 것이다.

'어제보다는 낫군.'

어제는 사백 명이 와서 1차에 다섯 명만 합격하고 모두 돌아갔다. 그리고 2차에서 네 명이 합격했다.

능력자라는 것이 일단 마나가 있느냐 없느냐가 가장 중요한 것이라 1차만 합격하면 2차는 쉽게 합격할 수 있었다. 떨어지는 경우는 마나의 양이 턱 없이 부족한 경우나 부정이 섞여 있는 경우다.

마법 아이템을 착용하고 1차 시험을 치르면 마나석이 아이템에 반응을 해 빛을 내기도 한다.

어쨌든 곧 있으면 지루한 시험이 끝이 날 것이란 생각을 하던 이규환 경사의 귀에 이상한 소리가 들려왔다.

파지직! 파지직!

'뭔 소리지?'

전기가 튀는 것 같은 소리에 소리가 들리는 곳을 향해 고개를 돌리던 이규환 경사의 얼굴에 놀람이 떠올랐다. 한 시험자의 손에서 뇌전이 번뜩이고 있는 것이다. 그것도 1m는 될 정도로 크게 말이다.

'저, 저게 뭐야?'

이규환 경사뿐만 아니라 주위에 있던 시험 응시자들과 합격자들도 모두 놀란 듯 뇌전을 바라보고 있었다.

파지직! 파지직!

뇌전의 형성과 함께 마나석에서 거의 동시라 할 만큼 빠르게 빛이 뿜어졌다.

화아악!

하지만 마나석에서 뿜어지는 것은 빛만이 아니었다. 김호철의 기운에 영향을 받았는지 마나석에서는 뇌전까지 뿜어져 나왔다. 그 덕에 김호철의 탁자는 뇌전의 빛으로 연신 번뜩이고 있었다.

파지직! 파지직!

연신 뿜어져 나오는 뇌전에 탁자의 주위가 타들어 가면서 탄내가 진동하기 시작했다.

'이 정도면 되나?'

일단 마나석에서 빛이 나왔으니 합격은 했을 것 같았다. 그에 김호철이 마법진에서 손을 떼어냈다.

파지직! 파지직!

마법진에서 손을 떼어낸 김호철의 손에서는 연신 뇌전이 튀어나오고 있었다.

그에 김호철이 손을 움켜쥐었다.

'바위.'

바위를 생각하자 곧 김호철의 손에서 뿜어지던 뇌전이 사그라들었다.

이건 김호철이 이미지 훈련을 하면서 생각한 이미지화 방법으로 단어를 떠올림과 동시에 그 단어에 맞는 이미지가 떠오르는 것을 이용한 것이었다.

바위를 이미지화한 이유는 단순했다. 뇌전과는 상관없고

동그란 주먹과 비슷하니 바위가 이미지화하기가 쉬웠던 것이다.

"후우!"

작게 숨을 내쉰 김호철이 감독관을 바라보았다.

"저……."

김호철의 부름에 감독관 이규환 경사가 그를 바라보았다.

"합격한 것입니까?"

김호철의 말에 이규환 경사가 마나석을 바라보았다. 마나석은 은은하게 스파크를 뿜어내고 있었다.

"합격."

이규환 경사의 말에 김호철이 고개를 숙이고는 합격자들이 있는 곳으로 걸어갔다. 그런 김호철을 이규환 경사가 급히 불렀다.

"이름이 뭡니까?"

1차 시험은 신분을 확인하지 않고 따로 서류 접수도 하지 않는다. 워낙 많은 사람이 시험을 보고, 1차에서 떨어지는 사람이 태반이라 서류 접수하고 신분 확인 하는 인력이 낭비라 생각하는 것이다. 때문에 이규환 경사는 김호철의 이름을 알 수가 없었다.

"김호철입니다."

김호철의 이름을 이규환 경사와 몇몇 경비 경찰이 되새기기 시작했다.

합격자들이 있는 곳으로 다가가던 김호철은 자신을 놀란 눈으로 보고 있는 사람들을 보다 이영미에게 웃으며 말했다.

"저도 합격을 했습니다."

김호철의 말에 이영미가 놀란 듯 그를 보다가 급히 그의 손을 바라보았다.

"어? 왜 그러세요?"

김호철의 말에 이영미가 의심스러운 눈으로 그를 바라보았다.

"혹시 마법 아이템 차고 있는 것 아니에요?"

마법 아이템은 김호철도 알고 있었다. 마법과 마나가 있는 세상에 마법 아이템이 없을 리는 없으니 말이다.

대중에 가장 많이 알려져 있는 것이 바로 체온 유지 마법이 걸려 있는 냉 목걸이와 온열 목걸이다. 여름에는 냉 목걸이를, 겨울에는 온열 목걸이를 차면 여름에는 시원하고 겨울에는 따뜻하게 지낼 수 있다. 하지만 그 가격이 수백만 원이다. 영구적으로 쓰는 것도 아니고 한 계절 쓰면 마나가 고갈이 돼서 사용하지도 못했다.

"마법 아이템?"

그런 아이템을 왜 여기서 이야기하나 싶어 바라보는 김호철을 보며 이영미가 말했다.

"마법을 사용할 수 있는 아이템이에요. 가끔 능력자 시험에 마법 아이템을 차고 와서 응시하는 사람들이 있다고 들었어요. 하지만 2차 시험장에서 그것을 적발하니 지금이라도 그런 것 차고 있으면……."

이영미의 말에 김호철이 고개를 저었다.

"제가 알고 있기로 그런 아이템은 싸도 억 단위로 알고 있습니다. 제가 그런 돈이 어디에 있다고 그런 것이 있겠습니까."

"흠…… 진짜예요?"

굳이 답을 해야 할 이유를 느끼지 못한 김호철이 어깨를 으쓱해 보이고는 시험을 치르는 사람들을 구경했다.

수백 명으로 가득 차 있던 강당은 두 시간 정도가 되자 순식간에 다 사라지고 김호철을 포함한 단 일곱 명만이 남았다.

합격자를 보며 이규환이 말했다.

"2차 시험을 시작하겠습니다."

말과 함께 이규환이 신호를 하자 경찰들이 의자와 책상들을 빠르게 가져와 연결하기 시작했다. 다섯 개의 의자와 책상이 연결이 되자 잠시 후 강당 문이 열리더니 다섯 명의 사람이 안으로 들어왔다.

붉은색 제복, 왼쪽 가슴 위에 작은 태극기를 달고 있는 다섯 사람…….

'SG다.'

다섯 사람은 바로 슈퍼 가드, SG라 불리는 능력자였다.

책상 앞에 순서대로 앉은 SG 중 가운데에 있는 사람이 웃으며 1차 합격자들을 향해 말했다.

"너무 경직되지 마십시오. 1차를 통과한 사람은 어지간하면 2차도 통과하니 말입니다. 나는 SG7 팀장 이군악 중령입니다."

말과 함께 이군악이 이규환에게 눈짓을 하였다. 그러자 이규환이 합격자들에게 다가왔다.

"신분증 제시해 주십시오."

이규환의 말에 합격자들이 지갑에서 신분증을 꺼내 내밀었다. 신분증을 모두 걷은 이규환이 이군악에게 그것들을 가져다주었다. 이군악이 카드 리더기에 신분증을 하나씩 긁었다.

삐! 삐!

카드 리더기에 신분증을 긁을 때마다 탁자에 연결되어 있는 모니터에 그 정보가 떠올랐다.

"그럼 김호철 씨."

가장 먼저 자신을 부르는 것에 김호철이 의아한 듯 그들을 보다가 앞으로 나섰다.

'왜 내가 가장 먼저지?'

가장 빨리 합격한 것도 아니고 나중에 합격한 것도 아니다. 게다가 신분증을 받아간 순서도 합격한 순서대로 걸어갔으니 자신이 가장 먼저 나올 이유가 없는 것이다.

김호철이 앞으로 나서자 이군악이 그를 보다가 모니터를 힐끗 보고는 입을 열었다.

"어제 게이트 사건 때 저희 군을 도와 몬스터 퇴치에 도움을 주셨군요."

이군악의 말에 김호철이 모니터 쪽을 한 번 보고는 말했다.

"거기에 그런 것도 나오는 겁니까?"

"저희 쪽 SG 데이터 뱅크에 김호철 씨가 어제 한 일에 대한 것이 기록이 되어 있군요. 군을 대신해 다시 한 번 감사 인사 드리겠습니다."

이군악이 자리에서 일어나 경례를 하는 것에 김호철도 마주 경례를 했다. 그런 김호철을 보며 손을 내린 이군악이 모니터를 보고는 말했다.

"그럼 혹시 어제 능력을 각성하신 것입니까?"

"그렇습니다."

"그럼 보겠습니다. 시작해 주십시오."

이군악의 말에 김호철이 그를 보다가 말했다.

"뭘 시작해야 하는지……?"

김호철의 말에 이군악이 고개를 끄덕이고는 합격자들을 보며 말했다.

"2차 시험에 대한 설명을 할 테니 잘 듣고 순서가 되시면 그대로 하시면 됩니다. 1차 시험이 마나의 유무를 가린다면 2차 시험은 능력의 유무를 가립니다. 즉, 마나가 있다 해도 그 능력을 어떻게 사용하는지 모른다면 불합격입니다."

이군악의 말에 합격자들이 고개를 끄덕였다. 그런 합격자들을 보며 이군악이 김호철을 바라보았다.

"그럼 시작하십시오."

이군악의 말에 김호철이 고개를 끄덕이고는 양손을 앞으로 내밀며 모았다.

"후우!"

조금은 긴장되는 마음을 숨을 크게 내쉬는 것으로 풀며 김호철이 입을 열었다.

"뇌전(雷電)."

파지직! 파지직!

그러자 김호철의 맞닿은 손바닥에서 뇌전이 뿜어져 나왔다.

파지직! 파지직!

사방으로 뿜어지는 뇌전에 이군악과 SG들의 얼굴에 놀람이 떠올랐다.

'뇌전 능력자?'

'대박…….'

뇌전 능력자는 희귀하다. 불과 물, 혹은 바람과 같은 자연 계열 능력을 쓰는 이는 SG에도 꽤 있다. 하지만 뇌전 계열 능력자는 국내에서 단 다섯을 넘지 못한다. 왜인지 뇌전 계열 능력자는 쉽게 나오지 않는 것이다.

파지직! 파지직!

손에서 피어오르는 뇌전을 보며 김호철이 양손을 살며시 떨어뜨렸다.

"치즈."

주욱.

주욱 늘어나며 끊어지지 않는 피자 치즈를 떠올리며 손을 벌리자 뇌전이 양손에서 끊어지지 않고 연결되기 시작했다.

파지직! 파지직!

능력을 발현한 것뿐만 아니라 그 응용까지 펼치는 김호철을 보며 이군악이 감탄을 했다.

'어제 각성한 것치고는 능력 발현을 잘하는군.'

하지만 이군악은 그것이 의심스러웠다. 보통 각성한 사람들은 그 능력에 얼떨떨하고 어떻게 꺼내 사용해야 할지도 잘 모르는 것이다.

“거기까지.”

이군악의 말에 김호철이 주먹을 움켜쥐었다.

“바위.”

파지직!

김호철의 중얼거림과 함께 뇌전이 순식간에 사그라들었다. 그런 김호철을 보며 이군악이 그를 보다가 입을 열었다.

“어제 능력을 각성하셨다 했는데 발현을 넘어 응용까지 하시는군요. 혹시 누가 옆에서 가르쳐 줬습니까?”

이군악의 말에 김호철이 고개를 끄덕였다.

“어제 게이트 사건 때 제가 능력을 발현하는 것을 본 프리 헌터가 몇 가지 조언을 해주고 갔습니다.”

김호철의 말에 이군악이 눈을 찡그렸다.

‘역시 프리 헌터가 달라붙었군.’

뇌전 능력자라면 SG에서도 탐이 나는 인재다.

뇌전은 직접 공격력도 뛰어나지만 상대를 감전과 같은 충격에 빠뜨려 전투 불능 상태로 만들 수 있다.

또한 언데드 계열의 몬스터에게 뇌전은 쥐약과 같다. 뇌전의 기운은 파사(破邪)의 기운을 가지고 있어서 언데드 몬스터들에게 치명적인 대미지를 준다.

잠시 김호철을 보던 이군악이 고개를 끄덕였다.

“합격입니다.”

이군악의 말에 김호철이 안도의 한숨을 쉬고는 뒤로 물러났다. 김호철 다음에 나온 사람은 태권도를 펼쳤다. 발차기를 할 때마다 발에서 희미한 마나의 빛이 번뜩였다. 중국 무술처럼 발에 내력을 담아 그것을 펼치는 것이다. 그 사람 역시 합격했고 그 뒤에도 줄줄이 합격을 했다.

'각성한 사람은 둘이고 다른 사람은 수련을 통해 힘을 얻었구나.'

각성자는 김호철을 포함 둘이었고, 다른 셋은 태권도와 무공을 수련해 내공을 쌓은 능력자들이었다.

그리고 마지막으로 이영미가 앞으로 나왔다. 앞으로 나온 이영미가 숨을 고르고는 주먹을 움켜쥐었다.

화아악! 화아악!

그러자 이영미의 몸에서 하얀 수증기 같은 것이 흘러나왔다.

우두둑! 우두둑!

뼈 부러지는 소리와 함께 이영미의 몸이 줄어들기 시작했다.

'체구가…… 작아지네?'

자신보다 키가 크고 덩치도 있던 이영미의 몸이 줄어들기 시작하더니 곧 김호철 정도까지 줄어들었다. 그래도 보통 여자들보다 더 크고 덩치는 좋았지만 줄어들기 전에 비하면 보통 사람처럼 보였다.

이영미가 주머니에서 줄을 꺼내 소매와 허리춤, 그리고 바짓단을 묶었다. 체구가 작아진 만큼 옷이 헐렁해져 줄로 그것을 묶어 고정을 시킨 것이다.

그런 이영미가 숨을 고르고는 무릎을 굽혔다가 강하게 튕겼다.

파앗!

순간 이영미의 몸이 3m가량 솟구쳤다. 그리고 땅에 내려선 이영미가 주먹과 발차기를 몇 번 하는 것을 본 이군악이 고개를 끄덕였다.

"그만."

이군악의 말에 이영미가 숨을 고르며 자리에 섰다.

"육체 강화 계열이군."

"그렇습니다."

"체구가 작아질수록 육체가 더 강해지는 겁니까?"

한 번 본 것만으로 자신의 능력을 알아채는 이군악을 보며 이영미가 고개를 끄덕였다.

"그렇습니다."

"더 체구가 작아질 수도 있습니까?"

"지금은…… 이게 최소로 줄인 겁니다."

이영미의 말에 이군악이 고개를 끄덕였다.

"합격입니다."

이군악의 말에 이영미가 안도의 한숨을 쉬고는 양팔을 앞으로 강하지만 천천히 내밀었다.

우두둑! 우두둑!

근골이 비틀리는 것 같은 소리와 함께 이영미의 몸이 원래대로 커졌다.

'아쉽네. 저게 유지가 되면 예쁠 텐데.'

다시 커진 이영미를 보며 이군악은 그녀가 안쓰러웠다.

한 명도 빠짐없이 합격한 일곱 사람을 보며 이군악이 말했다.

"이제 여러분은 나라에서 인정한 능력자입니다. 자격증은 잠시 후 발급을 해드릴 것이지만…… 먼저 3차 시험에 관해 설명해 드리겠습니다."

이군악의 말에 김호철이 의아한 듯 손을 들었다.

"1차 감독관께서 3차는 선택이라 하셨는데 봐야 하는 것입니까?"

"보셔도 되고 안 보셔도 됩니다. 하지만 3차 시험을 통과하면 SG 훈련소에서 훈련을 받을 수 있습니다. 능력 적응 훈련을 받을 수 있고 능력을 사용한 싸움에 대한 감도 얻을 수 있으니 받는 것이 낫지 않겠습니까?"

이군악의 말에 김호철이 잠시 생각을 하다가 말했다.

"SG 훈련소를 나오면 혹시 SG에 가입되는 것 아닙니까?"

"SG 훈련소를 나오면 일 년 동안 의무적으로 SG에서 일을 해야 하는 것은 맞습니다."

이군악의 말에 김호철이 고개를 저었다.

"저는 받지 않겠습니다."

김호철의 말에 이군악이 고개를 끄덕였다. 프리 헌터에게 이야기를 들었을 테니 SG보다는 그쪽 길드에 들어가려 할 것이라 이미 생각을 한 것이다.

김호철의 말에 이군악이 자리에서 일어나 다른 합격자들을 바라보았다.

"3차 시험은 대련 혹은 능력의 사용 여부입니다. 무술을 익힌 세 분과 이영미 씨는 여기 옆에 있는 홍문 대원과 대련을 합니다."

이군악의 말에 홍문이 자리에서 일어나 포권을 하며 말했다.

"소림사 홍문입니다. 누가 먼저 가르침을 주시겠습니까."

홍문의 말에 무술을 익힌 합격자들이 침을 삼켰다. 무협소설이나 현대나 소림사하면 한 수 접어줄 수밖에 없는 명성을 가지고 있기 때문이다.

태권도를 익힌 사람이 앞으로 나섰다.

"태권도 오태백입니다."

오태백의 말에 홍문이 탁자를 가볍게 손으로 찍으며 몸을 띄우고는 그를 덮쳐 갔다.

홍문과 오태백은 화려하다는 말이 절로 나올 정도의 움직임을 보이며 치열하게 치고받고 있었다. 그리고 다른 한쪽에서는 무공이 아닌 능력을 가진 합격자 둘이 다른 SG대원을 상대로 자신의 능력을 펼치며 싸움을 벌이고 있었다.

김호철은 한쪽에 서서 그들이 싸우는 모습을 구경하고 있었다. 능력자 자격증이 나올 때까지 기다리고 있는 중이었다.

그런 김호철의 옆에 이군악이 슬며시 다가갔다.

"프리 헌터가 길드 가입을 제안했나 보군요."

이군악의 말에 김호철이 고개를 끄덕였다.

"네."

"흠…… SG도 대우는 좋습니다."

"알고 있습니다."

"알면서 프리 헌터 쪽으로 가는 것은 돈 때문인가 보군."

살짝 말을 놓은 이군악이 김호철을 보며 말했다.

"내가 나이가 위이니 말을 놔도 되겠지."

"편한 대로 하십시오."

"그럼 나는 이게 편하니 말을 놓지. 돈이 급한가?"

"그런 이야기는 하고 싶지 않은데요."

"하긴 속사정을 나눌 만큼은 아니니……. 하지만 초보자가 바로 프리 헌터가 되면 살아남기 힘드네."

"SG도 몬스터와 싸우지 않습니까?"

"싸우지. 하지만 우리는 여러 지원이 있고 강해질 수 있는 길도 있네."

"강해지는 길?"

김호철이 이군악을 보자 그가 말했다.

"일단 장비부터가 프리 헌터들과는 다르지. 우리는 나라에서 보급하는 장비들을 사용하니까. 하지만 프리 헌터는 자기 장비를 자기가 준비해야 하는데, 그 돈도 만만치 않아."

자신의 말을 듣고 있는 김호철을 보며 이군악이 말을 이었다.

"능력자가 가장 빨리 강해지는 길이 뭔 줄 아나?"

"빨리 강해지는 길?"

"게이트에 가장 먼저 가서 가장 오래 머무는 거네."

"경험이라……."

김호철의 중얼거림에 이군악이 고개를 저었다.

"몬스터와 싸우면서 강해진다 생각을 하는 모양인데 그것이 아니네."

이군악이 한 말이 게이트에서 나오는 몬스터와 싸우는 것이라 생각을 했던 김호철이 고개를 갸웃거렸다.

"그럼 무슨 말씀입니까?"

"게이트가 열리는 이유는 알 테지."

"마나가 모여서 그 기운이 강해지면 열리는 것으로 알고 있습니다."

"맞네. 이 말은…… 게이트가 열리는 곳은 마나의 기운이 다른 곳보다 수십 배 더 강하다는 말이네. 즉, 그곳에서 수련을 하면 다른 곳보다 훨씬 마나가 잘 쌓인다는 것을 의미하네. 막말로 숨만 쉬고 있어도 마나가 쌓인다 할 수 있지."

이군악의 말에 그를 보던 김호철이 말했다.

"능력자는 게이트가 열리는 지역에 들어갈 수 있다 알고 있습니다."

SG가 아니더라도 그 혜택을 볼 수 있는 것 아니냐는 말에 이군악이 고개를 저었다.

"전국 어디에서 게이트가 열리는지 가장 먼저 아는 곳이 바로 우리 SG네. 게다가 우리는 전국 어디에서든 가장 먼저 그곳에 도착할 수 있지."

자신이 SG에 들어오기를 바라는 듯한 이군악을 보며 김호철이 말했다.

"제가 SG에 들어가기를 바라십니까?"

"솔직히 말하면 바라네."

“저는 어제 능력을 각성해서…….”

김호철이 대련을 하고 있는 홍문을 바라보았다. 홍문은 이미 오태백을 쓰러뜨리고 다른 사람과 싸우고 있었다.

자기 같은 사람은 십 초도 못 버틸 것처럼 보이는 강한 홍문을 보던 김호철이 말했다.

“SG대원들에 비하면 아무것도 아닌 것 같은데, 왜 저를?”

“지금은 약해도 일 년이나 이 년 후에도 약할 거라 생각하지 않네.”

“가능성만 본다는 말입니까?”

“가능성도 보고…… 훗날 내 등을 지켜줄지도 모르는 사람이 쉽게 죽는 것도 안타까운 일이지.”

이군악의 말에 그를 보던 김호철이 입을 열었다.

“저는 죽지 않을 겁니다.”

“사람은 모두 죽네. 세상에 다시없을 것 같은 대단한 능력을 가진 사람도……. SG에 들어오게. 최소한 자네가 자신의 능력에 익숙해지기 전까지는 죽지 않게 해줄 것이네.”

이군악의 말에 김호철이 그를 보다가 슬쩍 앞을 바라보았다. 강당 밖으로 나갔던 이규환이 돌아오고 있었다.

“자격증이 나온 것 같군요.”

김호철의 말에 이군악이 아쉽다는 듯 그를 보다가 고개를 끄덕였다.

"물에 말을 끌고 가도 물을 마실지 말지는 말의 몫이겠지. 그래, 그렇게 하게."

말과 함께 이군악이 손뼉을 쳤다.

짝! 우르릉!

이군악이 손뼉을 치자 순간 그를 중심으로 진동이 퍼져 나갔다.

비틀비틀!

이군악이 손뼉과 함께 강당 안에 있던 사람들이 중심을 잡지 못하고 비틀거렸다.

그리고 그것은 김호철도 마찬가지였다.

쿵!

흔들림과 동시에 김호철은 그대로 바닥에 넘어져 버린 것이다.

'이게 뭐야?'

손뼉 한 번 쳤다고 지진이라도 난 것처럼 강당이 흔들려 버리다니…….

놀란 눈을 하고 있는 김호철을 향해 이군악이 손을 내밀었다.

"능력을 자신하지 말게. 나보다 더 대단한 사람도 죽어 자빠지는 곳이 게이트란 세상이니."

이군악의 말에 김호철은 그가 자신에게 보여주기 위해 능력을 사용했음을 알았다.

"꿀꺽!"

침을 삼키는 김호철을 보며 이군악이 그의 손을 잡고는 일으켰다. 그러고는 김호철을 데리고 강당 중심으로 이동했다.

"모두 모이십시오."

이군악의 말에 합격자들이 앞으로 모였다. 그들을 보며 이군악이 입을 열었다.

"3차 시험은 모두 합격입니다. 물론 여기 시험을 보지 않은 김호철 씨는 제외입니다."

이군악의 말에 합격자들의 얼굴에 흥분이 어렸다. 그런 사람들에게 이규환이 카드를 하나씩 건네주었다. 이규환이 주는 카드를 김호철도 받아 바라보았다.

국가 공인 능력자 자격증

이름 : 김호철

위 사람을 대한민국 국가…….

5장
수정 카페

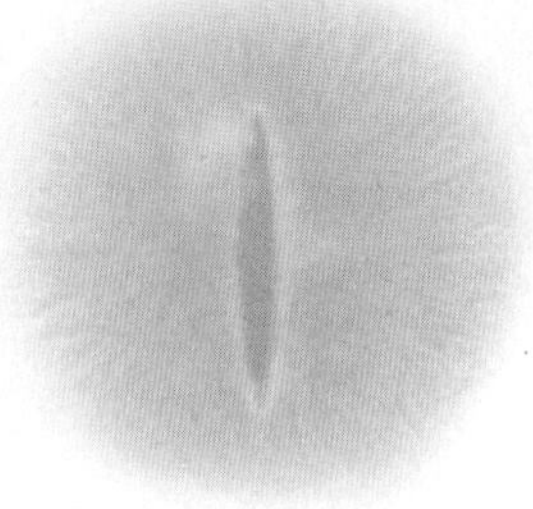

합격자들이 자신들의 자격증을 호기심과 감격 어린 눈으로 보고 있을 때 이군악이 말했다.

"능력자 자격증에는 위치 파악 마법이 걸려 있습니다. 하지만 능력을 사용할 때 마나를 읽어 위치를 발신하니 평상시에는 아무 걱정하지 않으셔도 됩니다."

이군악의 말에 김호철이 능력자 자격증을 바라보았다. 앞면에는 자격자의 인적 사항이 적혀 있고 뒷면에는 복잡한 문양의 마법진이 그려져 있었다.

'이게 위치 파악 마법진인 모양이군.'

김호철이 마법진을 보고 있을 때 이군악이 말했다.

"자격증 앞면에는 ID 넘버가 적혀 있을 겁니다. 그 번호를

SG 홈페이지에 넣으면 게이트와 몬스터에 대한 정보를 얻을 수 있습니다. 그럼 3차에 합격을 한 분들은 저를 따라오시고…… 김호철 씨는 앞으로 돈 많이 버시기 바랍니다."

이군악의 말에 김호철이 그를 보다가 고개를 끄덕였다.

"다음에 또 뵙겠습니다."

김호철의 말에 이군악이 몸을 돌려 사람들을 데리고 강당을 나갔다. 그런 이군악의 뒤를 따르던 이영미가 몸을 돌려 김호철에게 뛰어왔다.

"잠시만요."

이영미의 말에 김호철이 그녀를 바라보았다. 김호철에게 다가온 이영미가 자신의 핸드폰을 내밀었다.

"번호 줘요."

이영미의 말에 김호철은 조금은 기분이 좋았다. 여자한테 번호를 따이는 것은 처음인 것이다.

자기도 모르게 미소를 짓는 김호철의 모습에 이영미가 힐끗 강당을 나서는 이군악 쪽을 보고는 말했다.

"빨리요."

이영미의 재촉에 김호철이 핸드폰에 자신의 번호를 찍고는 전화를 걸었다.

우우웅! 우웅!

핸드폰 진동이 울리는 것에 김호철이 이영미에게 핸드폰

을 건넸다.

핸드폰을 받아 든 이영미가 말했다.

"연락할게요."

말과 함께 이영미가 급히 이군악이 향한 곳으로 뛰어가기 시작했다.

쿵! 쿵!

묵직한 발걸음과 함께 달려가는 이영미의 모습에 김호철이 턱을 쓰다듬었다.

'변신하면 그런대로 괜찮으니까.'

속으로 중얼거린 김호철이 핸드폰에 이영미의 이름을 저장했다.

[변신하면 예쁜이]

1

능력자 자격증을 딴 김호철은 집으로 돌아왔다. 능력자 자격증을 꺼내 잠시 보던 김호철이 그것을 책상 위에 던져 놓고는 침대에 엉덩이를 붙였다. 그러고는 집에 오는 길에 산 화이트보드를 들어 무릎에 올렸다.

화이트보드를 가만히 보던 김호철이 작은 원을 그렸다.

나

원 안에 '나'라고 쓴 김호철이 거기에 선을 하나 내리그었다.

각성

각성이라 쓴 김호철이 다시 그 옆에 두 개의 선을 긋고는 글을 적었다.

데스 나이트 소환
뇌전

자신이 할 수 있는 것과 할 수 있다 생각하는 것 두 개를 적은 김호철이 두 개의 원 사이에 하나의 글을 적었다.

왜?

잠시 생각을 하던 김호철이 왜라는 글 밑에 두 개의 선을 내렸다.

번개

마나석 먹음

'왜'라는 물음에 떠오르는 두 개의 생각이 바로 번개와 일하다 꿀에 타 먹던 마나석들이었다.

각성하기 전날 번개가 요란하게 쳤고, 그날 어느 순간 의식을 잃었다. 너무 피곤해서 자기도 모르게 잠이 들었나 싶었는데 아무래도 잠이 든 것이 아니라, 그때 뭔가에 의해 의식을 잃었던 것 같았다.

그리고 몬스터……. 아마도 자신이 그동안 먹었던 마나석 중 데스 나이트의 마나석이 있었던 것 같았다.

데스 나이트는 몬스터 등급 중에서도 최상위급인 A급이다. 그리고 김호철이 구입하는 등급 외 마나석은 발전소나 대규모 마나가 필요한 곳에서 끝물까지 다 빨아먹고 파쇄된 것들이다.

그 말은 이때까지 김호철이 먹은 마나석 대부분이 발전소를 돌릴 수 있을 만큼 대량의 마나를 머금은 A급이나 B급 이상의 것이란 의미였다.

그리고 그 기억 속에 있는 어둠 속의 눈들 아마도 이때까지 김호철이 먹었던 마나석의 몬스터들일 것이다.

'그럼 내가 먹은 마나석들이 모두 몬스터가 되어 나온다

는…….'

그 사실을 떠올린 김호철은 갑자기 속이 울렁거렸다.

"우욱!"

급히 일어난 김호철이 화장실로 뛰어가 변기 뚜껑을 열고는 고개를 처박았다.

"우엑! 우엑!"

후두둑! 후두둑!

신물이 나올 때까지 한참을 토하던 김호철이 한숨을 쉬며 주저앉았다.

"내 안에 몬스터가 있다."

그것도 이때까지 김호철이 먹은 마나석의 개수만큼…… 많이.

김호철은 날이 밝을 때까지 화장실에서 나오지 않았다. 몬스터 생각만 하면 속에서 구렁이 수십 마리가 돌아다니는 것 같이 속이 좋지 않았다.

잠시 멍하니 앉아 있던 김호철이 몸을 일으켰다. 그러고는 박천수의 명함을 찾아 바라보았다. 잠시 고민을 하다가 박천수의 핸드폰 번호를 눌렀다.

수신음이 울리고 잠시 후 박천수의 목소리가 들려왔다.

－박천수입니다.

조금은 텁텁한 박천수의 목소리에 김호철이 말했다.

"이틀 전에 뵀던 김호철입니다."

-아! 김호철! 하하하! 어떻게, 마음 정했어?

아무 거리낌 없이 하대를 하는 박천수의 목소리를 들으며 김호철이 말했다.

"그 전에 부탁드리고 싶은 것이 있습니다."

-부탁? 어떤?

"보디가드…… 좀 해주실 수 있습니까?"

-보디…… 가드?

"제가 제 능력을 실험해 보려 하는데 좀 위험한 상황이 될지도 몰라서요."

-흠…… 능력 실험이라…….

잠시 말이 없던 박천수가 말했다.

-알았어. 내 명함에 보면 우리 사무소 주소가 있을 거야. 11시쯤에 보는 걸로 하고 능력 실험한 뒤에 밥이나 같이 하자고. 우리 사무소가 있는 수정 카페 카레가 아주 맛있어.

"저기 사람 눈을 좀 피해서 했으면 좋겠는데……."

-지하에 헌터들이 훈련하는 곳이 있으니까 사람들 눈은 신경 쓰지 않아도 돼. 그럼 11시에 보자고.

그대로 전화를 끊는 박천수를 생각하며 김호철이 입맛을 다셨다.

‘일단 믿어보자. 혼자서 게이트에서 사냥을 할 정도라면 내 몸 하나 정도는 지켜주겠지.’

속으로 중얼거린 김호철이 핸드폰을 한 번 보고는 집을 나섰다.

지하철을 타고 부평에서 내린 김호철은 택시를 타고 부평공원에 도착했다.

아직 11시가 되려면 삼십 분 정도 남은 시간이라 일단 김호철은 공원 옆에 있는 목욕탕에 들어갔다. 밤새도록 토하고 난리를 치느라 식은땀을 하나 가득 흘려 몸에서 냄새가 나는 것이다.

간단하게 씻은 김호철은 목욕탕에서 파는 반팔 티로 갈아입고 약속 장소로 향했다.

「수정 카페」

수정 카페 앞에 도착한 김호철이 건물을 올려다보았다. 3층 건물의 1층에 자리를 한 수정 카페은 일반 카페처럼 보였다.

‘능력자 사무소가 있는 곳이라는데 생긴 건 일반 카페랑 똑같네.’

수정 카페를 보던 김호철이 카페 문을 열고 안으로 들어갔다.

딸랑!

듣기 좋은 방울 소리와 함께 안으로 들어간 김호철은 향긋한 커피 향을 맡을 수 있었다.

"어이! 여기야!"

길게 놓인 바에서 주인으로 보이는 붉은 머리를 한 여자와 커피를 마시고 있던 박천수가 김호철을 향해 손을 들었다.

김호철이 다가가자 박천수가 여자에게 말했다.

"내가 말했던 김호철."

박천수의 말에 여자가 웃으며 김호철을 바라보았다. 여자의 시선에 김호철은 살짝 놀랐다.

머리카락이 붉은색인 것이야 염색이라 생각하면 되는데…… 그녀는 머리뿐만 아니라 눈썹과 눈동자까지 붉은색이었다. 그리고 그것은 여자의 아름다운 얼굴과 함께 무척 매력적으로 다가왔다.

"2팀장한테 이야기 들었어요. 나는 행복 용역 소장 마리아예요."

"마리아?"

"세례명이에요."

웃으며 마리아가 박천수 옆자리를 손으로 가리키고는 잔

에 커피를 따라 내려놓았다.

자리에 앉은 김호철이 힐끗 커피 잔을 바라보았다.

"블랙이군요."

"커피의 쓴맛을 아는 남자가 매력적인 법이죠."

매력적인 미소를 짓는 마리아를 보며 박천수가 웃었다.

"우리 소장님 저 말에 속아서 속 버린 사람이 한둘이 아니지."

그러고는 박천수가 옆에 놓여 있는 작은 도자기 주전자를 김호철의 잔에 기울였다.

쪼르륵!

하얀 우유가 블랙커피와 섞이기 시작했다.

"커피에는 역시 우유와 설탕이지."

각설탕을 커피에 넣는 박천수의 행동에 마리아가 혀를 찼다.

"담배를 그리 많이 피우니 커피 맛을 모르는 거예요."

"후! 그럴지도."

웃으며 고개를 저은 박천수가 담뱃갑을 쥐고는 말했다.

"말이 나왔으니 담배나 한 대 피우고 와야겠군. 이야기하고 있어."

박천수가 담배를 들고 나가는 것을 보던 김호철이 마리아를 바라보았다.

"소장님도…… 능력자이십니까?"

"능력자 사무소 소장인데 능력이 없겠어요?"

웃으며 마리아가 김호철을 바라보았다.

"박 팀장님 말이 능력 실험을 하고 싶다고요?"

"네."

"각성한 지 이틀밖에 안 됐을 텐데 생각이 제대로네요."

"그렇습니까?"

"능력자가 자기 능력도 잘 모르면서 능력자라고 우쭐하며 다니는 것은 바보짓이에요."

마리아와 김호철이 이야기를 나누는 사이 어느새 담배를 다 피우고 온 박천수가 다가왔다.

"소장님도 같이 보겠습니까?"

"손님도 없는데 그럴까요?"

웃으며 마리아가 바를 나오자 박천수가 김호철을 손짓하며 말했다.

"따라와."

박천수가 가게 한쪽에 있는 문을 열고 들어가자 김호철과 마리아가 그 뒤를 따라 들어갔다.

수정 카페 지하로 향하는 계단을 내려간 김호철은 자신을 기다리고 있는 박천수를 볼 수 있었다.

지하실 문고리를 손으로 잡은 박천수가 김호철을 보며 의미심장한 미소를 지었다.

"놀랄 준비 하는 게 좋을 거야."

박천수의 말에 김호철이 왜 이런 말을 하나 싶어 그를 바라보았다.

그런 김호철을 보며 싱긋 웃은 박천수가 문을 열었다.

화아악!

문을 열자 지하실에서 밝은 빛이 새어 나왔다. 먼저 들어가라는 듯 몸을 비켜주는 박천수를 본 김호철이 그를 지나쳐 지하실 안으로 들어갔다.

그리고 김호철의 눈에 놀람이 떠올랐다.

칙칙한 운동기구들이 있는 헬스장 분위기를 생각했는데 지하실은 그와 전혀 달랐다.

게다가 그 크기…….

지하실은 어마어마한 크기를 자랑하고 있었다. 마치 축구장 하나가 통째로 들어간 듯 그 끝이 까마득하게 보일 정도였다.

게다가 아주 밝았다. 지하라고는 생각할 수 없을 정도로. 해가 뜬 야외에 나와 있는 것 같은 밝은 빛이 지하실을 가득 채우고 있었다.

그렇다고 눈이 부시지도 않는 아주 적당한 빛이 말이다.

"꿀꺽!"

그 크기에 놀라는 김호철을 보며 마리아가 웃으며 그를 스치듯 지나갔다.

"지하에 있다 뿐이지 저희 사무소의 훈련장은 국내 어떤 길드의 훈련장보다 월등한 시설과 크기를 자랑한답니다. 따라오세요."

마리아가 지하실이라 쓰고 운동장이라 읽어야 할 훈련장을 걸으며 김호철에게 시설에 대해 설명을 해주었다.

"여기 있는 공기청정기는 C급 마나석 두 개로 작동하는 거예요. 두 개의 마법진이 이산화탄소를 빨아들여 산소로 바꿔주죠. 산소 배출구에는 편백나무액상을 설치해서 지하지만 편백나무 숲에 있는 것 같은 쾌적함을 주죠."

마리아의 말에 김호철이 네모난 공기청정기를 바라보았다. 지하실이 워낙 넓어 다 보이지는 않지만 대충 봐도 이십 개 이상의 공기청정기가 설치되어 있었다.

'하나에 두 개씩 C급 마나석이 사십 개?'

C급 최하 가격이 천만 원이니 아무리 싸도 공기청정기 마나석 값만 4억이었다.

게다가 거기에 설치된 마법진까지 하면…….

'공기청정기 값만 대체 얼마야?'

하지만 놀랄 것은 공기청정기 값만이 아니었다.

"지하 훈련실은 총 여덟 구간으로 나뉘어져 있어요. 특히 우리 사무소가 자랑하는 구간이 두 개가 있어요. 이리 와보세요."

마리아가 김호철을 데리고 지하실 한쪽으로 데리고 갔다.

"중력 강화 두 배."

마리아의 목소리에 순간 김호철은 몸이 극도로 무거워지는 것을 느꼈다.

"크윽!"

서 있기도 힘들 정도로 무게감을 느낀 김호철이 몸에 힘을 주었다.

그런 김호철을 보며 마리아가 웃었다.

"능력자가 그리 체력이 허약해서 어떻게 해요."

"몸이……."

"이 구역은 중력 강화 마법이 걸려 있는 곳이에요. 능력자는 마나를 사용하기 때문에 육체 강화 능력자가 아니더라도 일반 사람에 비해 기본 체력이 월등히 좋아져요. 기본적으로 마나의 힘이 체력과 근력 등에 영향을 주니까요. 그래서 일반적인 헬스장에서 하는 훈련으로는 훈련이 되지 않아요. 지금 이곳은 중력 두 배의 상황…… 즉, 김호철 씨는 사람 하나를 더 업고 있는 것과 같은 상황인 거예요. 중력 해제."

화아악!

마리아의 말에 김호철은 이때까지 자신을 누르고 있던 무게가 사라지는 것을 느꼈다.

잔뜩 몸에 힘을 주고 있다가 무게감이 사라진 것에 균형을 잃은 김호철이 비틀거렸다.

그런 김호철을 마리아가 살며시 잡아주었다. 마리아가 다가와 잡아주자 그녀의 몸에 배어 있는 향긋한 커피 향과 무언가 달콤한 향이 김호철의 코에 스며들었다.

'향수 쓰나?'

그런 생각을 잠시 한 김호철을 서자 마리아가 한쪽으로 걸음을 옮겼다.

"그리고 여기가 김호철 씨와 같은 발사 계열 능력자들이 훈련을 하는 곳이에요. 차단."

화아악!

마리아의 말에 30m 정도의 공간에 희뿌연 빛의 막이 형성이 되었다.

"이 공간은 결계 마법이 걸려 있어요. 너무 강한 공격에는 뚫릴 수도 있지만 C급 몬스터를 상대하는 힘은 막을 수 있게 설치되어 있어요. 그럼 이제 시작을 해볼까요. 박 팀장님."

마리아의 말에 박천수가 품에서 유리 케이스를 꺼내 그 안에 있는 담배들을 보다가 그중 하나를 꺼내 입에 물고는 불을 붙였다.

"후!"

담배 연기가 박천수의 밑에 자욱하게 깔리기 시작했다. 박천수의 능력, 스모크 랜드였다.

스모크 랜드는 일종의 공수 일체 능력이다. 스모크 랜드 내에 공격이 들어오면 박천수가 신경을 쓰지 않더라도 담배 연기들이 공격을 스스로 막고 공격을 한다.

스모크 랜드를 펼쳐 놓은 박천수가 이번에는 검은 담배를 꺼내 다시 입에 물었다.

화아악!

담배에 불을 붙이고 한 모금 빨아들인 박천수가 김호철을 바라보았다.

"내 담배 연기가 다가오면 연기라 생각하지 말고 총알이나 불이라 생각을 해. 닿으면 아야! 정도로는 끝나지 않으니까."

박천수의 말에 김호철이 그를 보다가 입을 열었다.

"제가 실험을 하려는 능력이 좀 위험할 수 있습니다."

"후! 이틀 전에 각성한 사람이 너무 겁주는 것 아냐?"

피식 웃은 박천수가 담배 연기를 강하게 빨아들였다가 뱉었다.

"후우우!"

박천수가 뿜어낸 담배 연기는 짙은 검은색이었다. 뿜어낸 담배 연기가 박천수의 손으로 모이더니 글러브처럼 변하기 시작했다.

권투 글러브처럼 보이는 담배 연기를 양 주먹에 두른 박천수가 김호철을 바라보았다.

"자, 하자고."

박천수의 말에 김호철이 그를 보다가 입을 열었다.

"몬스터를 소환할 겁니다."

김호철의 말에 박천수가 의아한 듯 그를 바라보았다. 그리고 그것은 마리아도 마찬가지였다.

"뇌전과 암, 두 속성의 발사 계열 능력자로 들었는데?"

자신을 보며 묻는 마리아를 보며 박천수가 고개를 끄덕였다.

"내가 본 것은 그것인데……."

두 사람의 말에 김호철이 말했다.

"제가 각성했을 것이라 생각하는 그 순간…… 제 몸에서 몬스터가 하나 튀어나왔습니다."

"몬스터가?"

김호철의 말에 박천수가 믿을 수 없다는 듯 말했다.

"그럼 네가 가진 능력이 셋…… 아니, 넷이란 말인가?"

"저도 잘 모릅니다."

"허! 믿기 어렵군. 능력자 능력은 보통이 하나고 뛰어나면 둘…… 미쳤다 싶은 놈이 셋인데 자네가 넷이나 가지고 있다고? 발사에 뇌전, 암, 거기에 몬스터 소환까지?"

이걸 믿어야 하나 말아야 하나 바라보는 박천수를 보며 김호철이 입을 열었다.

"소환을 할 수 있을지 없을지 저도 잘 모릅니다. 그리고 그놈이 제 편인지 아닌지도 잘 모릅니다."

"자기 부하인지 아니면 자기를 공격할지 모르는군. 그래서 나에게 보디가드를 해달라고 한 거군."

"그렇습니다."

"일단 보면 알겠지. 꺼내봐."

박천수의 말에 김호철이 숨을 고르며 데스 나이트를 떠올리다가 문득 그를 바라보았다.

"그런데…… 데스 나이트와 싸워보신 적 있습니까?"

김호철의 말에 박천수와 마리아의 얼굴이 굳어졌다.

"데스 나이트? 그걸 왜…… 설마?"

"소환한다는 것이 데스 나이트인가요?"

놀라 바라보는 두 사람을 보며 김호철이 고개를 끄덕였다.

"그렇습니다."

"허! 데스 나이트라……. 오늘 자네 덕에 정말 많이 놀라는군."

웃으며 김호철을 보던 박천수가 마리아를 향해 고개를 돌렸다.

"진짜 데스 나이트라면 소장님도 좀 나서야겠습니다."

혼자서는 데스 나이트를 상대하기 어려운 박천수의 말에 마리아가 고개를 끄덕였다.

"김호철 씨가 소환하는 몬스터라면…… 김호철 씨가 우리를 적이라 인식하지 않는 이상 공격하지 않을 거예요."

"그거야 익숙한 소환술사들 이야기고. 저 친구는 자신이 소환할 수 있을지 없을지도 잘 모르니…… 폭주할 수도 있지."

"그럴 경우라면 박 팀장님은 김호철 씨를 챙기세요. 데스 나이트는 제가 맡겠습니다."

데스 나이트는 A등급의 몬스터. SG에서 강한 축에 속하는 자들이 B등급 몬스터를 상대한다. A급 몬스터를 상대하려면 최소한 SG 열 명이 달려들어야 상대가 가능한 강한 몬스터인 것이다.

그런데 마리아는 혼자서 상대하겠다고 하는 것이다. 하지만 그 말에 박천수는 별다른 말을 하지 않았다. 그가 아는 마리아는 데스 나이트를 상대하기 충분한 능력자인 것이다.

'문제는 지하실이겠군.'

지하실이 박살 날 것을 염려하며 박천수가 김호철을 향해 고개를 돌렸다.

"소환해 봐. 이야기를 하든 싸우든 일단 보고 나서 하자고."

말과 함께 박천수가 담배 두 대를 더 꺼내 귀에다 꽂아 놓았다.

박천수가 전투준비를 하고 있을 때 김호철은 호흡을 가다듬고는 눈을 감았다.

'눈을 떠올리자…….'

데스 나이트의 가장 인상이 깊은 곳은 바로 그 십자가로 찢어진 눈인 것이다.

십자가의 눈을 떠올린 김호철은 천천히 데스 나이트의 모습을 만들어내기 시작했다.

'생각의 이미지화…….'

박천수가 가볍게 주고 간 조언은 김호철에게 큰 영향력을 주고 있었다. 아는 것이 오직 단 하나 박천수의 조언밖에 없으니 그 말에 의지를 하는 것이다.

떠올리고 또 떠올리자 김호철의 감은 두 눈에 데스 나이트의 모습이 선명하게 드러나기 시작했다.

화아악!

새까만 십자가의 눈동자를 빛내며 나타난 데스 나이트가 김호철을 똑바로 바라보았다.

–나를…… 깨워줘.

데스 나이트의 음산한 목소리를 들으며 김호철이 입을 열었다.

"데스 나이트."

김호철의 중얼거림과 함께 그의 몸에서 힘이 쫘악 빠져나가기 시작했다.

"아아아……."

몸에서 쫘악 빠져나가는 힘의 상실감에 김호철이 신음을 흘렸다. 그리고 김호철의 몸에서 뇌전이 뿜어져 나왔다.

파지직! 파지직!

김호철의 몸에서 뿜어진 뇌전이 허공에서 뭉치기 시작했다. 그 모습에 박천수가 귀에 꽂아두고 있던 담배를 입에 물었다.

"이거…… 진짜인가 보군."

박천수의 말에 마리아 역시 굳어진 얼굴로 이제는 데스 나이트의 형상을 갖춰가는 뇌전을 바라보았다.

그리고…….

화아악!

쿵!

묵직한 소리와 함께 데스 나이트가 땅에 발을 디뎠다. 그 모습에 박천수가 담배를 입에 문 채 긴장된 눈으로 데스 나이트를 바라보았다.

'헐! 진짜였어.'

마리아 역시 굳은 얼굴로 데스 나이트를 보고 있었다.

'진짜다.'

진짜 데스 나이트가 소환된 것에 두 사람은 놀람과 긴장을 느끼고 있었다.

데스 나이트. 육상 몬스터 중 최강이라 불리는 오거, 비행형 몬스터 중 최강인 와이번과 함께 언데드 계열 최강의 몬스터가 바로 데스 나이트다. 일명 게이트 삼대장 중 하나가 바로 데스 나이트인 것이다.

그런 몬스터가 지금 김호철에 의해 소환되었다.

굳은 얼굴로 서 있는 두 사람이 데스 나이트를 보고 있을 때, 데스 나이트는 멀뚱히 서 있었다. 아무것도 하지 않고 그저 멍하니 서 있는 것이다.

그런 데스 나이트의 모습에 박천수가 김호철을 바라보았다. 김호철은 갑자기 막대한 마나가 빠져나간 것에 진이 빠진 듯 무릎에 손을 올린 채 거칠게 숨을 몰아쉬고 있었다.

"김호철."

박천수의 부름에 김호철이 그를 바라보았다.

"데스 나이트를 움직여 봐."

"움직여요?"

"그래. 내가 이야기했지, 생각을 이미지화하는 것이 능력이라고. 데스 나이트를 움직이는 생각을 강하게 해."

박천수의 말에 김호철이 데스 나이트를 바라보았다. 그런데 전에 나왔을 때와는 조금 달랐다.

처음에 봤을 때는 푸른색의 뇌전을 머금고 있었다면 지금 나타난 데스 나이트는 검은 뇌전을 뿜어내고 있었다.

그런 데스 나이트의 변화를 인지하지 못한 김호철은 그저 데스 나이트에게 명령을 내리고 있었다.

'망치…… 망치를 들어.'

강하게 데스 나이트가 망치를 들고 있는 것을 떠올리자 순간 김호철의 몸에서 또 마나가 뽑혀 나갔다.

"아아아아."

다시 힘이 쫘악 빠져나가는 기분에 묘한 신음을 토하며 김호철이 주저앉았다.

파지직! 파지직!

하지만 그 생각이 통했는지 데스 나이트의 손에는 어느새 뇌전을 뿜어내는 망치가 들려 있었다.

그 모습에 박천수가 말했다.

"망치, 네가 만든 건가?"

"네."

김호철의 말에 박천수는 안도의 한숨을 쉬었다. 김호철의 생각대로 무기를 만들어낸다면 데스 나이트가 그의 소유 안에 있다 봐야 하는 것이다.

'그나마 다행…… 은 무슨. 데스 나이트라니.'

생각을 하던 박천수가 김호철을, 아니, 데스 나이트를 바라보았다.

능력자나 마법사 중에는 몬스터를 소환하는 자들이 있다. 하지만 그중 데스 나이트를 소환했다는 사람에 관한 이야기는 들어본 적이 없다.

김호철을 보던 박천수가 입을 열려는 순간 마리아가 먼저 입을 열었다.

"데스 나이트가 김호철 씨의 말을 듣는지 확인을 해야 해요. 데스 나이트한테 나를 공격하라고 하세요."

마리아의 말에 김호철이 그녀를 바라보았다.

"공격을?"

"나는 괜찮으니 걱정하지 말고 하세요. 그리고 공격을 하면 그때부터 사라지게 하는 것에 집중하세요."

"괜찮으시겠습니까?"

김호철의 말에 마리아가 피식 웃으며 손을 들어 보였다.

화르륵!

순간 마리아의 손바닥 위에서 불꽃이 솟구쳤다. 그리고 그 불꽃은 순식간에 마리아의 전신을 집어삼켰다.

순식간에 불꽃을 온몸에 두른 마리아가 김호철을 바라보았다. 자신의 주위를 휘날리는 불꽃들을 보며 입을 열었다.

"나는 지옥의 불꽃, 하나로 시작을 해 세상을 집어삼키는

자……. I am Fire."

새파란 불꽃을 온몸에 두른 마리아를 김호철이 놀란 눈으로 바라보고 있었다.

'꿀꺽! 뭔지 몰라도 엄청 세 보이네.'

마리아를 보던 김호철이 데스 나이트에게 신경을 집중했다. 데스 나이트가 마리아를 공격하는 이미지를 떠올리던 김호철이 소리쳤다.

"공격해, 데스 나이트!"

김호철의 외침에 데스 나이트가 땅을 박차며 마리아를 향해 망치를 휘둘렀다. 그런 데스 나이트의 공격에 마리아가 뒤로 물러나며 손바닥을 들어 올렸다.

화르륵! 화르륵!

마리아의 앞에 거대한 불의 벽이 형성이 되었다. 그런 불의 벽을 데스 나이트가 강하게 검은 뇌전이 깃든 망치로 내려쳤다.

펑! 화르륵!

마리아의 불의 벽이 망치에 박살이 나며 사방으로 흩어졌다.

'보통 데스 나이트보다 공격력이 더 높다. 그럼 방어력은 어떨까?'

"화륜(火輪)!"

마리아의 발밑에 불의 고리가 형성이 되더니 빠르게 회전하기 시작했다.

화르륵! 화르륵!

그리고 마리아의 신형이 빠르게 데스 나이트를 향해 쏘아져 들어갔다.

기다란 불길과 함께 빠르게 다가오는 마리아를 향해 데스 나이트가 망치를 휘둘렀다.

파지직! 파지직!

하지만 이미 그 자리에는 마리아가 없었다. 어느새 데스 나이트의 뒤에 접근을 한 마리아가 화염의 구를 던졌다.

펑! 화르륵!

화염구가 터지며 순식간에 데스 나이트의 전신을 덮쳐갔다.

힐끗!

데스 나이트를 공격한 마리아가 김호철을 바라보았다. 자신의 공격에 데스 나이트가 타격을 입으면 혹시 그것이 김호철에게 영향이 있는지 보려는 것이다.

하지만 김호철은 아무런 타격이 없는 듯 계속 중얼거리고만 있었다.

"사라져라, 사라져라."

데스 나이트를 사라지게 하려고 집중하고 있는 것이다.

'일단…… 헉!'

생각을 하던 마리아가 급히 몸을 돌렸다.

파지직! 파지직!

그런 마리아의 머리 위로 망치가 스치듯 지나갔다.

'벌써?'

자신의 불길에 덮인 채 데스 나이트가 그녀를 공격한 것이다.

그에 급히 화륜을 조종해 빠르게 후진을 한 마리아가 눈을 찡그렸다. 데스 나이트의 몸에서 뿜어지고 있는 검은 뇌전에 막혀 마리아의 불길은 그의 외부만을 태우고 있을 뿐이었다.

'마법 방어력도 일반 데스 나이트보다 높다는 건가?'

데스 나이트를 보며 속으로 중얼거린 마리아가 주먹을 움켜쥐었다.

우두둑! 우두둑!

가녀린 몸과는 어울리지 않는 뼈 소리를 내며 마리아가 데스 나이트를 향해 빠르게 움직였다.

화르륵! 화르륵!

좌우로 빠르게 이동하며 데스 나이트에게 접근한 마리아가 주먹을 휘둘렀다.

마리아의 주먹이 데스 나이트의 온몸을 두들겼다.

퍼퍼퍼퍼펑!

마리아의 주먹이 닿을 때마다 데스 나이트의 온몸에서는 불꽃과 함께 폭발이 터져 나갔다.

그리고 그 충격에 데스 나이트가 주춤거리며 뒤로 물렀다.

'마법 방어력은 높아도 물리 방어력은 일반 데스 나이트와 같군.'

그런 생각과 함께 마리아가 제자리에 섰다. 그러자 언제 데스 나이트가 두들겨 맞았냐는 듯 그녀를 향해 달려들었다.

파지직!

자신의 머리를 향해 떨어지는 망치를 화륜을 이용해 날렵하게 피한 마리아가 좌우로 빠르게 움직이기 시작했다.

파지직! 파지직!

그리고 그런 마리아를 쫓아 데스 나이트의 공격이 시작이 되었다. 하지만 데스 나이트의 공격은 하나도 마리아에게 닿지 않았다. 빠르게 좌우로 움직이며 데스 나이트의 공격을 피하던 마리아가 고개를 끄덕였다.

'보통 데스 나이트에 비해 공격이 직선적이고 단순하군.'

아무리 높은 공격력을 가졌다 해도 이래서는 피하지 못할 이유가 없다.

하지만 보는 사람 입장에서는 그것이 아니었다.

6장
행복 사무소 노동 계약서

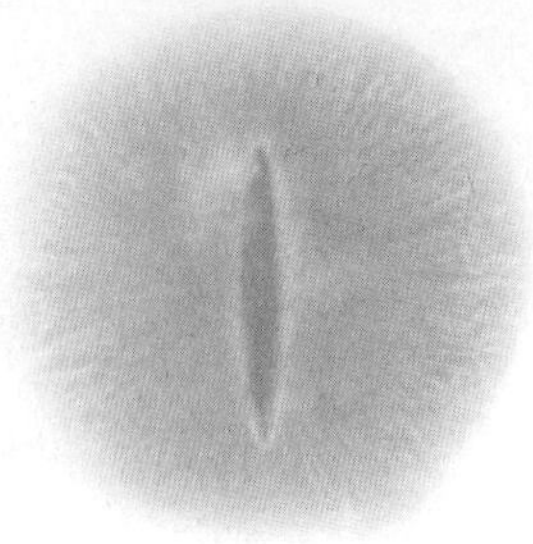

파지직! 파지직!

데스 나이트의 망치가 휘둘러질 때마다 일어나는 스파크 소리에 김호철은 속이 철렁거렸다.

게다가 김호철이 보기에는 마리아가 너무 위급해 보였다. 이러다가 마리아가 망치에 맞고 죽을 것 같았다.

“사라져! 사라져!”

연신 같은 말을 외치며 데스 나이트가 사라지는 것에 집중을 했지만 데스 나이트는 사라지지 않았다.

‘어쩌지?’

“왜 안 없어져?”

어느새 옆에 다가온 박천수의 말에 김호철이 고개를 끄덕였다.

"꺼내놓은 사람이 못 집어넣으면 어떻게 해."

박천수의 말에 김호철의 급히 그를 바라보았다.

"왜?"

박천수의 물음에 김호철이 그를 보다 웃었다.

"박 팀장님은 좋은 선생입니다."

"좋은 선생?"

무슨 말인가 싶어 바라보는 박천수에게서 고개를 돌린 김호철일 데스 나이트를 바라보았다.

'박 팀장 말대로다. 데스 나이트는 내 몸에서 나온 몬스터……. 사라지는 게 아니라 돌아오는 거다.'

속으로 중얼거린 김호철이 데스 나이트가 자신의 몸으로 돌아오는 것을 생각했다.

'돌아오는 거다. 네가 원래 있던 곳으로.'

생각과 함께 몸으로 돌아오는 것을 이미지화한 김호철이 데스 나이트를 향해 소리쳤다.

"돌아와!"

강한 기합과 함께 뱉어진 김호철의 외침에 데스 나이트의 몸이 순간 검은 뇌전으로 변하며 그의 몸을 빠르게 날아들었다.

"헉!"

검은 뇌전 한 무더기가 자신을 향해 쏘아져 오는 것에 김호철이 놀라 헛바람을 삼켰다.

파지직!

김호철의 몸에 부딪친 뇌전이 그의 몸을 감싸고는 곧 스며들며 사라지기 시작했다.

뇌전이 자신의 몸을 덮은 것을 느끼기는 했지만 그다지 고통이나 충격 같은 것은 느껴지지 않자 김호철이 안도의 한숨을 쉬었다.

"휴!"

한숨을 작게 쉰 김호철이 눈을 찡그리고는 박천수를 바라보았다.

"저를 지켜주시기로 한 것 아닙니까?"

뇌전이 자신을 향해 날아올 때 왜 막아주지 않았냐는 물음이었다.

그에 박천수가 웃었다.

"자네 몬스터가 자네에게 돌아가는데 왜 막나?"

그런 박천수의 말에 김호철이 한숨을 쉬었다.

"그 말이 맞기는 하군요."

그러고는 김호철이 마리아를 바라보았다. 마리아를 감싼 불길은 어느새 사그라져 있었다.

"헉!"

서 있는 마리아를 본 김호철이 헛숨을 들이켰다.

속옷 바람의 마리아를 본 김호철이 깜짝 놀라 고개를 돌리자 마리아가 말했다.

"괜찮아요. 이건 수영복이에요."

마리아의 말에 김호철이 슬며시 그녀를 바라보았다.

"수영복?"

김호철의 말에 마리아가 웃으며 다가왔다.

"제 능력은 불. 제 몸에는 대미지를 주지 않지만 제가 입고 있는 옷은 버티지 못해요. 그래서 제가 능력을 쓰면 주위 남자들이 너무 좋아하더라고요."

마리아의 말에 김호철이 그녀를 바라보았다.

"그럼 수영복은 왜 타지 않습니까?"

조금은 아쉬움이 담긴 김호철의 목소리에 마리아가 웃었다.

"화염 저항력이 있는 마법진이 그려져 있어요."

"마법진을 가동하려면 마나석이 있어야 하지 않습니까?"

게다가 마리아가 뿜어낸 화염에 버티려면 상당한 마나가 소모될 것이니 주먹만 한 마나석이 있어야 할 것이다. 하지만 마리아의 몸 어디에도 그런 마나석은 보이지 않았다.

'설마 저 가슴이…… 마나석 뽕인가?'

마나석이 있을 만한 곳은 브래지어의 가슴 부분뿐이라 그런 생각을 하고 있을 때 마리아가 고개를 저었다.

"이건 제 마나를 흡수해서 화염을 버텨요."

웃으며 말을 한 마리아가 잠시 기다리라고 하고는 한쪽 구석으로 달려갔다. 속옷만 입은 아름답고 풍만한 몸을 가진 여인이 달려가는 뒤태를 자기도 모르게 김호철이 감상하고 있을 때 박천수가 살며시 다가왔다.

"우리 사무소의 직원 복지 중 가장 좋은 것이지."

박천수의 말에 김호철이 무슨 말인가 싶어 그를 바라보았다. 하지만 박천수는 그를 보고 있지 않았다. 그저 흐뭇한 눈으로 마리아가 달려가고 있는 모습을 보고 있을 뿐…….

'직원 복지라…….'

지하실 한곳에 달려갔던 마리아는 사물함에서 트레이닝복을 꺼내 입고 돌아왔다.

몸에 착 달라붙는 붉은색의 트레이닝복을 입고 온 마리아가 김호철을 보며 말했다.

"김호철 씨, 능력이 상당하군요. 세상에 능력을 넷이나 가지고 있는 사람은 처음 봐요."

웃으며 다가온 마리아를 보며 김호철이 고개를 저었다.

"데…… 험!"

데스 나이트라 말을 하면 다시 그놈이 나올까 싶어 급히 말을 삼킨 김호철이 말했다.

"몬스터 소환을 해도 제 말대로 잘 움직이지도 않고 다른 능력도 다 어떻게 써야 하는지도 잘 모릅니다."

"그거야 차차 알아가면 돼요."

웃으며 김호철을 보던 마리아가 입을 열었다.

"그래서, 저희 사무소에 들어오시겠어요?"

마리아의 말에 김호철의 어깨에 박천수가 손을 둘렀다.

"설마하니 우리가 이렇게 많이 도와줬는데 도움만 받고 갈 생각은 아니겠지?"

박천수의 말에 잠시 생각을 하던 김호철이 입을 열었다.

"어제 능력자 자격시험을 봤습니다."

"벌써?"

"합격했습니다."

"그야 당연하지. 능력자 자격시험이야 능력자면 당연히 통과할 수 있는 거니까."

박천수의 말에 김호철이 그를 보다가 입을 열었다.

"프리 헌터가 되면 돈을 많이 벌 수 있습니까?"

"욕심이 어느 정도냐에 따라 다르지만 다들 돈은 많이 벌지."

"많이 죽는다는 이야기를 들었습니다."

김호철의 말에 박천수가 그를 가만히 보다가 입을 열었다.

"우리 일은 몬스터와 싸우거나 그에 준하는 위험한 일을 하는 거야. 돈을 많이 벌고 싶으면 이쪽 일을 하는 거고 무병장수하려면 안 하면 되는 거야."

조금은 차갑다 할 수 있는 박천수의 말에 마리아가 다가왔다.

"박 팀장님 말대로예요. 우리 일은 얻는 것이 많은 만큼 위험부담도 커요. 만약 김호철 씨가 평범하게 오래 살고 싶다면 지금이라도 돌아서면 돼요."

하기 싫으면 그만두라는 두 사람의 말에 김호철은 조금 당황스러웠다. 사실 김호철은 마리아와 박천수가 자신을 설득할 것이라 생각한 것이다.

그런 김호철을 보며 박천수가 말했다.

"무슨 생각하는지 대충 알겠군. 하지만 우리는 동료를 원하는 거지 우리에게 징징대고 보호받기를 원하는 애를 원하는 것이 아니야. 어디까지나 선택은 자네……."

박천수가 김호철의 가슴을 손가락으로 튕겼다.

툭!

"몫이니까."

박천수의 말에 김호철이 그를 보다가 고개를 끄덕였다.

"가입하겠습니다."

만약 가입하라고 설득을 하거나 좋은 이미지를 주려고 장밋빛 미래에 대한 것들을 늘어놓았다면 김호철은 망설였을 것이다.

하지만 박천수와 마리아는 단호하다 싶을 정도로 들어오고 싶으면 들어오고, 말고 싶으면 말라는 선택을 그에게 주었다. 그리고 그것이 오히려 김호철에게 좋게 다가왔다.

그런 김호철의 말에 박천수가 웃으며 그 어깨에 팔을 둘렀다.

"좋은 선택이었어. 역시 내가 사람 보는 눈은 있다니까."

웃으며 김호철의 목을 팔로 조르던 박천수가 마리아를 바라보았다.

"새 식구도 왔으니 소장님 특제 카레 맛이나 봅시다."

박천수의 말에 마리아가 웃으며 지하실을 벗어나기 시작했다.

"일반적으로 능력자라 불리는 사람들은 세 가지 경우예요. 선천적, 후천적, 그리고 김호철 씨와 같은 각성자."

카레라이스를 먹으며 김호철은 마리아의 이야기를 듣고 있었다.

"선천적인 경우는 20년 전 태양 흑점 폭발 이후 태어난 아이들을 말해요. 그 아이들은 태어날 때부터 마나를 느끼고 그것을 다룰 수가 있어요. 하지만 이런 경우는 무척 드물어요. 하지만 드문 만큼 일반 능력자에 비해 엄청나게 강해요."

마리아의 말에 박천수가 웃으며 말했다.

"우리 소장님과 같은 경우지."

박천수의 말에 카레를 먹던 김호철이 순간 놀란 듯 마리아를 바라보았다.

"방금 전에 선척전인 경우는 20년 전 흑점 폭발 이후라고……."

"맞아요."

"그럼 그 말은……."

김호철의 말에 마리아가 웃으며 고개를 끄덕였다.

"꽃다운 열여덟이랍니다."

마리아의 말에 김호철의 얼굴에 경악이 어렸다.

"열…… 여덟? 어떻게 저……."

'얼굴과 몸이 열여덟이야?'라는 말을 간신이 참아낸 김호철이 마리아를 멍하니 바라보았다.

그에 마리아가 웃으며 고개를 저었다.

"제가 좀 발육이 좋지요."

웃으며 말을 한 마리아가 김호철을 보며 말했다.

"선천적에 대해서는 말했으니 이제 후천적에 대해 말을 할게요. 이건 김호철 씨도 알 것 같은데, 마법사와 무술가들과 같은 이들을 말해요. 흑점 폭발 후 마나를 접하게 된 마법사와 무술가들이 수련을 통해 마법과 무공을 쓰게 된 거죠. 후천적인 사람들은 자기 노력과 재능에 따라 그 능력이 천지 차이예요."

말을 하던 마리아가 김호철의 그릇에 카레를 조금 더 부어 주었다.

주루룩! 주루룩!

"맛 괜찮죠?"

"아주 맛있네요."

김호철의 말에 웃은 마리아가 입을 열었다.

"그리고 마지막이 김호철 씨와 같은 각성자들……. 어떤 특정한 일을 계기로 능력을 각성한 사람들을 말해요. 그리고 그 능력은 아주 다양하죠."

마리아의 말에 잠시 생각을 하던 김호철이 물었다.

"몬스터 소환을 하는 사람이 많이 있습니까?"

"마법사 중에 세뇌 마법을 통해 몬스터를 길들인 사람들이 있어요. 하지만 김호철 씨처럼 몸 안에서 몬스터를 뽑아내는 사람은 없을 거예요."

말을 한 마리아가 마침 잘됐다는 듯 말을 이었다.

"몬스터 이야기가 나와서 말인데, 몬스터에도 두 종류가 있어요. 하나는 게이트를 통해 나오는 몬스터, 그리고 또 하나는 지구 토종 몬스터예요."

흑점 폭발로 인해 지구에는 마나가 생겼다. 그리고 그 마나는 인간에게만 영향을 준 것이 아니었다.

인간에게 각성자와 선천적 능력자가 생겼다면, 지구에 사는 동물들에게도 각성자와 선척적 능력자, 즉 몬스터가 나타난 것이다.

하늘을 날며 불을 토하는 닭, 머리가 셋 달린 개, 사람처럼 두 발로 서며 지능을 가진 늑대까지…….

하지만 다행인 것은 토종 몬스터들은 최소한 한국에서는 보기 힘들다는 것이다. 한국처럼 땅덩이 좁고 인구가 많은 곳에서 나타난 몬스터는 모두 죽은 것이다.

산속이나 인적 없는 곳에 숨어 살지는 모르지만 최소한 도시나 인가 근처에는 몬스터들이 나타나지 않는다.

"그 이야기는 알고 있습니다. 하지만 우리나라에는 토종 몬스터가 많이 없지 않습니까?"

"맞아요. 땅 넓은 미국이나 북유럽 같은 경우는 토종 몬스터가 때로 출몰하는 경우가 있지만 우리나라 같은 경우는 그 정도로 큰일이 벌어지지는 않았죠. 하지만 분명한 건 우리나라에도 토종 몬스터가 있다는 거예요. 그리고 그런 토종 몬스터 토벌 임무도 우리와 같은 프리 헌터들이 하는 것 중 하나죠."

"SG는 안 합니까?"

"SG는 게이트 사건만 집중해요."

"그건 왜?"

김호철의 물음에 박천수가 말했다.

"SG가 맡기에는 덩어리가 작다 이거지. 게다가 토종 몬스터들한테는 마나석도 안 나오고."

"토종 몬스터한테 마나석이 안 나옵니까?"

"안 나와요."

마리아의 말에 김호철의 얼굴에 의아함이 어렸다.

'같은 몬스터인데 왜 토종 몬스터한테는 마나석이 안 나오는 거지?'

토종 몬스터한테는 왜 마나석이 나오지 않는 건가 궁금해하는 김호철을 보며 마리아가 말했다.

"마나석이 나오고 안 나오는 것은 아마도 게이트를 통과했느냐 아니냐가 아닐까 생각하고 있어요."

김호철이 설명을 바라는 듯 그녀를 보자 마리아가 말했다.

"마법사들 생각에 게이트를 통과할 때 어떤 이유로든 몬스터 체내의 마나가 응축이 된다고 보고 있어요."

"마나가 응축이 돼서 마나석이 된다?"

"마법사들 일설일 뿐이니 확실한 것은 아니에요."

"그렇군요."

고개를 끄덕이는 김호철을 보며 마리아가 직업 설명을 이어 나갔다.

"우리 프리 헌터에게 돈을 버는 수단은 세 가지예요. 첫째는 게이트에서 나오는 몬스터를 잡아 마나석을 가져다 파는 것, 둘째는 우리 능력이 필요한 곳에 능력을 사용하는 것, 셋째가 바로 토종 몬스터 퇴치예요."

"능력이 필요한 곳은 무엇을 말하는 겁니까?"

"능력자가 모두 전투에 특화되어 있는 것은 아니에요. 땅을 비옥하게 하거나 일정 지역에 비가 내리게 하는 능력도 있어요. 그런 능력이 필요한 사람들이 의뢰를 하면 그에 맞는 능력자를 보내는 거죠."

"능력자를 쓰려면 돈이 많이 들지 않습니까?"

"능력자 용역이라고 모두 돈이 많이 드는 것은 아니에요. 특히 전투와 관련이 없는 능력자 같은 경우는 생각보다 저렴하게 용역을 뛰고 있어요. 물론 일반인에 비하면 고가 용역이기는 하지만요."

이야기를 듣다 보니 어느새 다 먹은 카레 그릇을 보며 마리아가 말했다.

"더 드실래요?"

"이미 많이 먹었습니다."

김호철의 말에 고개를 끄덕인 마리아가 그릇을 들어 싱크대에 가져다 놓고는 돌아왔다.

"대충 능력자가 알아야 할 기본적인 것들은 다 이야기한 것 같네요. 앞으로 더 궁금한 것이 있으면 저나 박 팀장님한테 물어보시면 돼요."

마리아의 말에 김호철이 문득 주위를 둘러보았다.

가게 안에는 그들 외에는 손님이 아무도 없었다.

"다른 직원들은 없습니까?"

"있지, 왜 없어."

말을 한 박천수가 카운터 벽을 가리켰다가 고개를 저었다.

"아…… 아직 너는 못 보겠구나."

"뭘요?"

박천수가 소매를 걷어 올렸다. 그러자 그의 팔목에 그려진 선명한 문신이 드러났다.

물방울 모양의 문신과 함께 그 밑에는 '행복'이라는 두 글자가 쓰여 있었다.

"이건?"

"우리 사무소 문양과 이름. 보기에는 단순한 문신으로 보이지만 마법진이 그려져 있어. 이 문신이 있어야 우리 사무소의 직원이라는 표시지."

잠시 말을 멈춘 박천수가 한숨을 쉬었다.

"아무리 봐도 문장과 이름 너무 촌스러워."

"왜요? 저는 좋기만 한데."

말과 함께 마리아가 살짝 자신의 옷 상의를 잡아당겼다.

그러자 그녀의 하얀 가슴 바로 위에 새겨져 있는 물방울 문신이 드러났다.

'꿀꺽!'

가슴 바로 위라고 하기는 그렇지만 가슴과 아주 상관없다 할 수 없는 곳 위의 문신에 김호철이 살짝 침을 삼켰다.

그런 마리아를 보며 작게 고개를 저은 박천수가 소매를 내려 문신을 가리고는 말했다.

"이 문신을 그리면 사무소에 숨겨진 것들과 기능을 이용할 수 있어. 지금 네 눈에는 안 보이겠지만 저 벽에는 우리 사무소 직원 명부하고 지금 맡은 일들이 표시돼 있지."

텅 비어 있는 벽 쪽을 보며 말하는 박천수를 보며 김호철이 마리아를 바라보았다.

"저도 이런 문신을 해야 하는 겁니까?"

"우리 사무소 직원이라면 다 해야 해요."

"반드시입니까?"

"반드시."

단호한 마리아의 눈빛에 김호철이 고개를 끄덕이고는 팔을 바에 올렸다.

"해주십시오."

김호철의 말에 마리아가 웃으며 고개를 저었다.

"지금은 해드리고 싶어도 할 수가 없어요. 김호철 씨는 아직 정식 직원이 아니니까요."

"시험이라도 봐야 하는 겁니까?"

"시험은 아니고 면접이에요. 지금 해외에 나가 있는 1팀장님과 3팀장님, 그리고 여기 있는 2팀의 박 팀장님 셋이 김호철 씨를 면접하고 합격을 하면 직원이 되실 거예요."

"소장님과는 면접 안 합니까?"

"이미 면접 진행하고 있잖아요. 그리고 저는 합격을 이미 드렸어요."

마리아의 말에 김호철이 고개를 끄덕였다.

"그럼 다른 두 분과의 면접은?"

"박 팀장님은 내일 일본에서 들어오시고, 고 팀장님이 중국에서 이틀 후에 오시니, 삼 일 후에 오세요. 그때 다른 사무소 직원들도 소개시켜 드릴게요."

"알겠습니다."

말과 함께 김호철이 자리에서 일어나자 마리아가 웃으며 종이 하나를 내밀었다.

뭔가 싶어 종이를 본 김호철이 한숨을 쉬었다.

카레라이스 7천 원.

커피 3천 원.

마리아가 준 종이는 명세표였다.

"돈을 받으시는 겁니까?"

김호철이 자신을 바라보는 것에 마리아가 생긋 웃었다.

"아직 저희 직원은 아니시니까요. 다 합쳐서 만 원입니다, 손님."

손님이라는 말이 유난히 강하게 들린다 생각을 하며 김호철이 지갑에서 돈을 꺼내 내려놓았다.

"감사합니다."

만 원을 받아 현금 수납기에 넣은 마리아를 보며 김호철이 수정 카페를 나왔다.

삼 일 후, 김호철은 다시 수정 카페로 갔다.

딸랑!

맑은 종소리와 함께 카페 안으로 들어오는 김호철에게 마리아가 전에 봤던 그 미소를 보이며 반겼다.

"어서 와요."

"제가 늦은 것은 아닌지 모르겠습니다."

바 앞에 있는 의자에 앉는 김호철을 보며 마리아가 커피를 내려놓았다.

'역시 블랙.'

사약처럼 새까만 색을 띠고 있는 커피를 보며 김호철이 우유가 담긴 잔을 들어 커피 잔에 따랐다.

"커피 향을 즐길 줄 모르는 남자는 매력이 없는데."

마리아의 말에 김호철이 웃으며 각설탕을 잔에 넣었다.

"소장님과 제 나이 차이를 생각하면 매력 어필하고 싶지는 않군요."

"보수적이네요."

웃으며 마리아가 시계를 보았다.

"쉴 때는 12시나 돼야 일어나는 사람들이라……. 잠시만요. 초아야."

누군가를 부른 마리아가 말을 이었다.

"박 팀장님, 고 팀장님 깨워서 내려오렴. 그리고 지하에 있는 박 팀장님도 모셔오고."

아무도 없는 허공에 말을 하는 마리아를 잠시 보던 김호철이 고개를 저었다.

'미친 것은 아니겠지.'

속으로 중얼거린 김호철이 말했다.

"박 팀장이 둘입니까?"

"1팀 팀장이 박천수 팀장님 동생이에요."

"동생?"

"네."

"그런데 동생이 1팀 팀장이고 형이 2팀 팀장입니까?"

"그냥 편의상 1팀, 2팀 나누는 거지. 능력의 차이는 없어요."

마리아의 말에 김호철은 별다른 말은 하지 않았다. 1팀과 2팀의 차이야 지내보면 알 것이니 말이다.

덜컥!

지하로 통하는 문이 열리며 옷이 흠뻑 젖을 정도로 땀을 흘리는 청년이 들어왔다. 허리까지 길게 내려온 머리카락을 끈으로 묶은 남자는…….

'잘생겼다.'

라는 말이 절로 나올 정도로 잘생긴 얼굴을 가지고 있었다. 게다가 쉽게 말을 걸기 어려운 분위기까지…….

말없이 들어온 청년이 김호철을 힐끗 보고는 바에 놓여 있는 냉수가 담긴 주전자를 들어서는 입에 들이부었다.

"꿀꺽! 꿀꺽!"

주전자에 담긴 물을 한 번에 모두 들이켠 청년이 말없이 몸을 돌렸다.

"박천만 팀장님."

마리아의 부름에 박천만이 그녀를 돌아보았다.

"어디 가세요?"

마리아의 물음에 박천만이 손가락으로 위를 가리켰다. 그에 마리아가 웃으며 고개를 저었다.

"곧 김호철 씨 면접이 있어요. 잠시 기다렸다가……."

마리아의 말에 박천만이 김호철을 향해 고개를 돌렸다. 그리고 그 시선에 김호철은 자신이 뭔가 큰 잘못을 했나 싶었다. 박천만의 시선에는 짜증이 섞여 있었던 것이다.

하지만 그것도 잠시 박천만은 별다른 말없이 바 앞에 앉았다.

"너무 그렇게 성질 내지 마요."

마리아가 웃으며 그의 앞에 커피 잔을 내려놓았다.

달칵!

역시나 새까만 블랙커피…….

'이 가게는 블랙커피만 파나?'

그런 생각을 하고 있을 때 가게 안에 있는 문이 열리며 박천수와 젊은 여자 한 명이 들어왔다.

'저 여자가 3팀, 고 팀장인가 보군. 청순하게 생겼네.'

3팀의 고 팀장이라는 여자는 마리아와는 청순한 스타일의 젊은 여자였다.

"오! 네가 그 데스 나이트의 이거냐?"

새끼손가락을 들어 보이며 다가오는 고 팀장의 모습에 김호철은 자신의 생각을 정정했다.

'입 더러운 청순한 년.'

바에 앉은 세 명의 팀장 앞에 김호철이 서 있었다.

"하암!"

연신 하품을 하며 바에 등을 기대고 있는 박천수.

"……."

무표정한 얼굴로 블랙커피를 마시고 있는 박천만.

"데스 나이트도 면접 봐야 하는 것 아냐? 좀 불러보지. 구경 좀 하게."

데스 나이트 불러 보라고 칭얼거리는 청순한 년…….

그런 세 사람을 보던 김호철이 마리아를 향해 고개를 돌렸다.

"면접은?"

김호철의 말에 고 팀장이 번쩍 손을 들었다.

"저요!"

고 팀장의 말에 김호철이 그녀를 바라보았다. 그런 김호철의 시선을 받으며 고 팀장이 말했다.

"데스 나이트 꺼내세요."

고 팀장의 말에 김호철이 마리아를 바라보았다. 그 시선에 마리아가 고개를 끄덕였다.

"면접에는 능력 확인도 필수예요."

마리아의 말에 김호철이 고 팀장 고윤희라는 이름을 가진 여자를 바라보았다. 김호철의 시선에 고윤희가 웃으며 윙크를 했다.

"어서……."

고윤희의 조금은 달콤한 말투에 김호철이 한숨을 쉬고는 데스 나이트를 이미지화했다.

십자가 눈을 시작으로 한 이미지가 완전한 데스 나이트의 모습을 갖추자 김호철이 입을 열었다.

"데스 나이트."

파지직! 파지직!

김호철의 중얼거림과 함께 그의 몸에서 검은 뇌전이 뿜어지더니 허공에 데스 나이트의 모습이 드러났다.

쿵!

묵직한 소리와 함께 땅에 내려서는 데스 나이트의 모습에 이때까지 아무런 반응도 없던 박천만의 눈에 호기심이 어렸다.

박천수야 이미 본 것이라 여전히 느근한 표정과 피곤한 얼굴로 바에 등을 기대고 있었다. 하지만 고윤희의 얼굴에는 뭔가 느끼는 듯한 표정이 떠올라 있었다.

"아, 데…… 스…… 나…… 이…… 트……."

데스 나이트를 보던 고윤희가 자신의 옆구리를 손으로 눌렀다. 그런 고윤희의 모습에 마리아가 살며시 그녀의 어깨를 손으로 눌렀다.

"언니, 진정해요."

마리아의 말에 고윤희가 옆구리를 누르던 손을 움켜쥐었다.

"후우…… 그래, 진정해야지."

잠시 숨을 크게 내쉬고 들이마시기를 반복하던 고윤희가 김호철을 노려보았다.

"집어넣어."

날카로운 고윤희의 음성에 김호철이 데스 나이트가 자신의 몸 안으로 들어오는 생각을 이미지화했다.

"돌아와."

파지직! 파지직!

한 번 해봤던 것이라 그런지 데스 나이트는 자연스럽게 김호철의 몸 안으로 스며들어 왔다.

자신의 몸에 휘감겨 오는 뇌전을 보다 김호철이 사람들을 바라보았다.

"더 시험해 보고 싶은 것이 있으십니까?"

김호철의 말에 박천수가 박천만과 고윤희를 번갈아 보고는 입을 열었다.

"몬스터 소환하는 것도 봤고, 뇌전이 솟구치는 것도 봤고……. 암 속성만 보면 되겠군."

"암 속성요?"

"뇌전을 감싸고 있던 검은 기운 말이야. 이제 그것도 좀 뽑아봐."

박천수의 말에 김호철이 자신의 손을 바라보았다. 그러고 보니 각성했을 때 그의 손에서 뿜어진 뇌전은 검은색이었다.

그런데 그다음 날 자격증 시험을 볼 때는 뇌전이 푸른색이었다.

'검은색이 왜 사라진 거지?'

그런 생각을 하며 김호철이 양손을 들었다.

"뇌전."

이제는 단어를 떠올리는 것만으로 이미지화가 자연스럽게 이뤄져 말이 끝나기가 무섭게 김호철의 손에서 뇌전이 솟구쳤다.

파지지직!

짙은 푸른색을 띠며 손에서 뿜어지는 뇌전을 보던 김호철이 검은 뇌전을 생각했다.

'검은색…… 뇌전.'

뇌전이 검은색이 되는 것을 생각하던 김호철은 이미지가 선명하게 떠오르자 입을 열었다.

"암뇌."

김호철의 중얼거림과 함께 김호철의 손에서 검은색 암뇌가 솟구쳤다.

아니, 솟구치려는 듯 보였다. 하지만 솟구쳤던 암뇌는 다시 그의 손바닥 안으로 빨려 들어갔다.

"크으윽!"

그와 함께 김호철이 신음을 흘리며 무릎을 꿇었다. 그런 김호철의 모습에 고윤희가 몸을 일으켰다.

파앗!

그리고 일으켰다 싶은 순간 고윤희의 신형은 어느새 김호철의 옆에 와 앉아 있었다.

"괜찮나?"

고윤희의 말에 김호철이 가슴을 움켜쥔 채 잠시 있다가 숨을 크게 내쉬며 몸을 일으켰다.

"후! 이제 괜찮습니다."

김호철의 말에 고윤희가 그를 보다가 입을 열었다.

"가끔 마나가 통제가 되지 않을 때가 있지. 손 내밀어 봐."

고윤희의 말에 김호철이 자신의 손을 내밀었다. 그 손목에 자신의 손가락을 댄 고윤희가 맥을 짚었다.

그런 고윤희의 모습에 김호철이 말했다.

"맥도 짚을 줄 아십니까?"

"조용."

고윤희의 말에 김호철이 입을 다물었다. 그런 김호철을 향해 박천수가 말했다.

"고 팀장은 무당파 무공을 배웠어. 무림 고수한테 맥 짚는 것은 일도 아니지."

박찬수가 하는 이야기를 들으며 고윤희는 김호철의 맥을 짚고 있었다.

'찌릿찌릿하네.'

김호철의 내력, 아니, 마나가 뇌의 속성을 띠고 있어서 그런지 맥을 짚는 고윤희는 전기에 감전이 되는 것 같은 찌릿함을 느끼고 있었다.

맥을 짚고 있던 고윤희가 고개를 갸웃거렸다.

'내력이 모두 제각각이다. 한 사람의 내력이 아니라 수십 종류의 내력이 느껴지는군.'

고윤희가 분류할 수 있는 큰 내력만 열 개가 넘었다. 그리고 그 외에 분류할 수는 없지만 느껴지는 잡다한 것까지 하면 셀 수가 없을 정도였다.

잠시 맥을 짚던 고윤희가 손을 떼어내고는 김호철을 바라보았다.

"너 참 특이하구나."

고윤희의 말에 김호철이 그녀를 보다가 말했다.

"고 팀장님도 만만치 않은 것 같습니다."

김호철의 말에 고윤희가 피식 웃고는 몸을 일으켰다.

"난 합격 주겠어."

고윤희의 말에 박천수가 손을 들었다.

"동감."

박천수의 말에 마리아가 박천만을 바라보았다. 그 시선에 박천만이 작게 고개를 끄덕였다.

세 사람의 합격 의견에 마리아가 웃으며 김호철을 바라보았다.

"우리 행복 사무소 직원이 된 것을 축하해요."

김호철은 세 명의 팀장과 그들의 팀원들이라는 사람들이 보는 가운데 계약서를 작성하고 있었다.

〈행복 능력자 용역 사무소 노동 계약서〉

1. 갑과 을은 노동 계약을 체결한다.
2. 갑은 을의 노동에 대한 정당한 보수를 지급한다.
3. 갑은 을이 강해질 수 있는 수련 환경을 조성한다.
4. 행복 능력자 용역 사무소가 위기에 처할 시 목숨을 걸지 않는 한에서 최선을 다해 돕는다.

7장
훈련 시작

고용 계약서는 심플했다. 단 네 개의 문항만이 적혀 있었으니 말이다.

계약서를 잠시 보던 김호철이 마리아와 주위에 있는 사람들을 바라보았다.

행복 사무소는 생각보다 인원이 적었다. 다 합쳐서 열 명 정도. 그것도 자신을 합쳐서 말이다.

1팀이 네 명으로 팀원이 가장 많았고, 2팀은 박천수 단 하나, 그리고 3팀은 세 명이었다.

거기에 소장인 마리아가 있고 자신이 있어 열인 것이다. 자신을 보고 있는 사람들을 보며 김호철이 입을 열었다.

"여기도 갑과 을의 관계가 명확하군요."

"나누는 기준일 뿐이에요. 그리고 조건을 보시면 알겠지만 보통 회사 고용 계약서에 비하면 아주 심플하죠."

웃으며 계약서를 앞으로 미는 마리아를 보며 김호철이 고개를 끄덕이고는 사인을 했다.

스스슥!

자신의 이름을 적은 김호철이 계약서를 내밀자 마리아가 그것을 확인하고는 미소를 지었다.

"사무소 문신은 어디다 하실래요?"

마리아의 말에 김호철이 한숨을 쉬며 박천수를 바라보았다. 그러자 박천수가 웃으며 자신의 문신을 슬쩍 보여주었다.

'물방울이라…….'

차라리 문신이 멋지게라도 생겼다면 망설임이라도 덜할 텐데. 물방울 문신은 여자들이나 할 법한 모양이지 남자가 할 만한 것은 아닌 것이다.

"어디다 하시겠어요?"

문신을 어디다 할 거냐 묻는 마리아를 보던 김호철이 자신의 몸을 내려다보았다. 어디다 해야 제일 안 보일까 싶은 것이다.

'가슴? 아니야 가슴에다 하면 너무 아플 것 같아. 그럼…… 다리?'

문신이라는 것을 해본 적이 없는 김호철이 고민할 때 마리아가 웃으며 말했다.

"선택하기 어려우면 제가 골라줄까요?"

"어디?"

"손 내미세요."

김호철이 손을 내밀자 마리아가 그의 손을 잡았다.

"각인."

말과 함께 김호철과 맞잡은 마리아의 손에서 빛이 뿜어졌다.

화아악!

순간 손바닥이 타들어 가는 듯한 고통에 김호철이 급히 손을 떼어냈다.

"크윽!"

그리고 아픈 손을 감싸던 김호철의 눈에 물방울 문신이 보였다.

게다가 방금 전까지 아팠던 것과 달리 지금은 아무런 고통이 느껴지지 않았다.

-행복 능력자 용역 사무소 직원이 되신 것을 축하합니다.

손을 보던 김호철의 귀에 순간 이상한 목소리가 들렸다.

"어?"

놀라 주위를 보는 김호철의 귀에 다시 예의 목소리가 들려왔다.

—놀라게 해드렸다면 죄송합니다. 저는 행복 능력자 용역 사무소 보조 직원 초아입니다.

"초아?"

김호철의 중얼거림에 순간 허공에 붉은빛이 일렁이더니 붉은 머리카락을 가진 귀엽게 생긴 여자아이가 모습을 드러냈다.

"어?"

갑작스러운 여아의 모습에 김호철이 놀라 뒤로 물러나자 마리아가 웃으며 말했다.

"유령이나 그런 것은 아니니까. 놀라지 마세요."

"이게 대체?"

김호철이 놀란 눈으로 초아를 보자 마리아가 말했다.

"초아는 우리 사무소 보조 직원이에요. 필요한 것이 있거나 물어볼 것이 있으면 초아한테 물어보면 돼요."

"보조 직원? 사람…… 입니까?"

김호철의 말에 초아가 무뚝뚝한 얼굴로 고개를 저었다.

—저는 사람이 아닙니다.

그 말에 마리아가 충격을 받은 듯 초아를 감싸 안았다.

"언니가 그런 말 하지 말라고 했지."

—김호철 씨의 말에 물음에 대한 답변을 한 것입니다.

"그래도 그런 말을 하지 마. 너는 내 동생이니까."

–행복 능력자 용역 사무소 직원들의 물음에 정확한 답을 해주는 것이 저의 임무입니다.

초아의 말에 한숨을 쉰 마리아가 김호철을 바라보았다.

"조금 무뚝뚝하기는 하지만 귀여운 우리 사무소 막내 직원이니 잘 대해주세요."

"알…… 겠습니다."

초아를 보며 어리둥절해하고 있을 때 마리아가 말했다.

"2층 청소는 다 했어?"

–끝났습니다.

"그럼 2층 빈방에 김호철 씨가 쓸 방 청소 좀 해줄래."

–알겠습니다.

화아악!

붉은빛과 함께 초아가 사라지는 것을 보던 김호철이 마리아를 바라보았다.

"방금 아이는?"

"제 마력을 기반으로 해서 태어난 마법 생명체예요."

"마법 생명체?"

"우리 사무소 건물 안에서만 움직일 수 있지만 사람하고 똑같죠."

"소장님이 만든 것입니까?"

김호철의 말에 마리아가 눈을 찡그리며 고개를 저었다.
"만든 것이 아니라 태어난 거예요."
초아를 사람처럼 여기는 마리아의 모습에 김호철이 고개를 끄덕였다.
"그럼 소장님이 엄마인 겁니까?"
"호! 그건 아니에요. 사무소 관리를 해줄 사람이 필요하기는 한데 능력자 일하는 곳에 일을 할 일반인은 구하기 어렵더라고요. 그리고 믿기도 어렵고……. 해서 아는 마법사한테 제 마력을 기반으로 한 생명체를 태어나게 한 거예요."
마리아의 말에 김호철이 놀란 듯 사무소를 보다가 말했다.
"마법이 생명체도 태어나게 할 수 있는 줄은 몰랐군요."
"하지만…… 조금 무뚝뚝해서 큰일이에요."
한숨을 쉰 마리아가 김호철의 옆에 서더니 사무소 사람들을 향해 말했다.
"김호철 씨가 오늘부터 우리 행복 사무소의 동료가 되었어요. 모두 반갑게 맞이해 주세요. 박수."
마리아의 말에 사람들이 박수를 치기 시작했다.

김호철은 마리아의 말에 따라 원래 살던 집을 정리하고는 행복 사무소 2층으로 거처를 옮겼다.

행복 사무소는 3층 건물 전체를 쓰고 있었다. 지하는 전에 본 것처럼 훈련을 하는 곳이었고, 1층은 마리아가 운영하는 수정 카페, 그리고 2층은 남자 직원들이 머무는 숙소, 3층은 마리아와 고윤희, 그리고 다른 한 여자 직원이 사용하고 있었다.

〈208호〉

자신의 방 208호에서 김호철은 짐을 정리하고 있었다. 짐이라고 해도 별것 없었다.

이미 방에는 침대와 책상과 같은 간단한 집기들이 존재하고 있어 옥탑방에서 가져올 필요가 없었다. 그에 김호철은 자신이 사용하던 컴퓨터와 옷만을 가지고 왔다.

컴퓨터를 책상에 올려놓고 선을 연결하는 김호철을 박천수가 보고 있었다.

"방 어때?"

"좋네요."

"여기서 씻어도 되지만 지하실에 커다란 욕탕이 설치된 목욕탕이 있으니까. 뜨거운 물에 몸 담그고 싶으면 내려가면 돼. 아! 하지만 입구에 남자, 여자라 쓰인 판을 확인하고 들어가야 돼. 잘못해서 고윤희나 소장님이 들어가 있을 때 들어가면……."

박천수가 살며시 목을 손가락으로 그었다.

"무슨 의미인지 알지."

"알겠습니다."

짐 정리를 구경하고 있던 박천수가 말했다.

"당분간은 나와 함께 다닐 거야. 네가 능력에 익숙해질 정도가 되면 1팀이나 3팀이 될 거고."

박천수의 말에 김호철이 컴퓨터의 전원을 연결하고는 그를 바라보았다.

"그런데 박 팀장님의 팀원은 없습니까?"

"왜 없어. 자네가 있잖나."

웃으며 말을 하는 박천수를 보던 김호철이 침대에 앉으며 말했다.

"박천만 팀장님은 말수가 적으시더군요."

"내 동생이기는 하지만 조금 차가운 녀석이지. 말도 많이 없고……. 하지만 겉으로만 그렇고 속은 좋은 녀석이니까. 친해지면 좋을 거야."

그러고는 방을 한번 둘러본 박천수가 말했다.

"짐 정리 다 된 것 같으니 이제 훈련하러 가자."

"훈련?"

"그럼 언제까지 놀게 해줄 거라 생각했나? 오래오래 살고 싶으면 훈련 게을리하면 안 돼. 특히 너처럼 갑자기 각성을 한 사람은 더욱더."

박천수의 말에 김호철도 고개를 끄덕였다.

"알겠습니다."

박천수가 그를 데리고 지하실로 향했다.

넓은 지하실에서는 박천만 혼자서 트랙을 뛰고 있었다. 두 사람이 들어오는데도 말없이 뛰기만 하는 박천만을 보며 박천수가 중얼거렸다.

"하여튼 귀염성 없는 놈이라니까."

그러고는 박천수가 김호철을 데리고 훈련장 구석으로 향했다. 훈련장 구석에 간 박천수가 입을 열었다.

"초아야."

박천수의 부름에 붉은빛과 함께 초아가 모습을 드러냈다.

—박천수 팀장님.

작게 고개를 숙이는 초아를 보며 박천수가 말했다.

"총기류 좀 꺼내 줄래."

박천수의 말에 초아가 손을 들었다.

덜컥! 덜컥!

무언가 움직이는 소리가 들리더니 벽 한쪽이 열렸다.

좌르륵! 좌르륵!

쇠사슬 돌아가는 소리와 함께 벽에서 총기류가 걸려 있는 진열장이 튀어나왔다.

그 모습에 김호철이 깜짝 놀랐다.

'세상에 총이…….'

진열장에 걸려 있는 총들은 종류도 다양했다. 권총부터 소총, 김호철이 쏴본 M60 같은 중화기, 거기에 영화에서나 보던 M90과 같은 돌격 소총까지…….

'아무리 능력자 사무소라고 해도 우리나라에 이런 것이 가당키나 한 건가?'

총기류가 불법인 나라에서 총기를 이리 많이 소지하고 있다니…….

진열된 총을 보며 놀라는 김호철을 보며 박천수가 권총 하나를 집어 여기저기 겨누는 시늉을 하다가 말했다.

"하나 골라."

박천수의 말에 총기들을 보던 김호철이 말했다.

"그런데 이거 불법 아닙니까?"

"불법 아니다."

말과 함께 박천수가 김호철을 권총으로 겨누고는 입으로 빵! 빵! 하는 총소리를 냈다. 그러고는 총을 다시 진열장에 올려놓으며 말했다.

"능력자 자격증을 따면 총검류 소지 허가 나오는 것 알지 않아?"

"알고는 있지만 이렇게 많은 총기류를 소지해도 되는 줄 몰랐습니다."

"총 하나든 둘이든 사람 상하게 하는 것은 똑같지. 중요한 것은 그걸 누가 다루느냐야."

그러고는 박천수가 총을 보다가 말했다.

"발사 계열 능력자라고 모두 총을 고르는 것은 아니지만 전에 보니 총에 힘을 싣는 것이 괜찮아 보이더군."

그러고 보니 박천수는 자신에게 발사 계열 능력자라고 이야기했었다.

'발사 계열 능력이라는 것도 실험을 해보기는 해야겠구나.'

발사 계열 능력이라고 해도 사실 어떻게 쓰는지도 모르고 총을 쏴댄 것뿐이다. 그러니 몬스터 소환처럼 이것도 연습을 하기는 해야 할 것 같았다.

그에 총들을 보던 박천수가 K2를 골랐다. 이 중에 가장 익숙한 총이야 당연히 군대에서 쓰던 K2이니 말이다.

K2를 고르는 김호철을 보며 박천수가 고개를 끄덕였다. 김호철이 왜 K2를 골랐는지 짐작이 간 것이다.

"익숙한 게 쓰기는 좋지."

박천수가 총기 진열이 된 곳 밑에서 탄창을 집어서는 던졌다.

탓!

탄창을 받아 총기에 결합하는 김호철을 보며 박천수가 말했다.

"과녁 10m."

박천수의 말에 초아가 주먹을 움켜쥐었다. 그러자 10m가량 떨어진 곳에 사람 머리만 한 불의 공 몇 개가 모습을 드러냈다.

박천수가 뒤로 물러나자 김호철이 총을 견착하고는 불의 공을 겨냥했다.

"보통 총알로는 터지지 않아. 능력을 담아야 터진다."

박천수의 충고에 김호철이 고개를 끄덕였다. 그리고 불의 공을 겨냥한 채 김호철이 입을 열었다.

"뇌전."

파지직! 파지직!

김호철의 손에서 뿜어진 뇌전이 총을 타고 흘러가기 시작했다.

파지직! 파지직!

총에서 뿜어지는 뇌전을 보며 김호철이 방아쇠를 당겼다.

탕! 펑!

총구를 당기는 것이 무섭게 허공에 떠 있던 불공이 그대로 터져 나갔다.

탕! 펑! 탕! 펑!

그 뒤를 이어 몇 번 더 방아쇠를 당기자 불공이 연속으로 터져 나갔다.

"초아야 20m."

박천수의 외침에 초아가 불의 공을 뒤로 물렸다. 그에 김호철이 다시 불의 공을 겨냥하고는 방아쇠를 당겼다.

탕! 펑! 탕! 펑!

계속 적중을 하는 김호철을 보며 박천수가 고개를 끄덕였다.

"잘 쏘네."

중얼거리던 박천수가 김호철에게 다가갔다.

"사격 잘하네."

"군필자가 20m 내 저 정도 크기도 못 맞추면 국방을 어떻게 지키겠습니까."

"오! 군필자 자부심 쩌는군."

웃으며 말을 한 박천수가 김호철에게 총을 받아 진열장에 넣었다.

"초아야, 전에 내가 주워온 봉 있지. 그거 꺼내 줄래."

박천수의 말에 초아가 벽을 향해 손을 내밀었다.

촤르륵! 촤르륵!

다시 쇠사슬 움직이는 소리가 들리더니 총기류가 들어 있는 진열장이 벽 안으로 빨려 들어갔다.

그리고 그 자리에 새로운 진열장이 모습을 드러냈다.

새로운 진열장에는 도검류와 같은 무기와 봉이나 몽둥이 같은 것이 진열되어 있었다.

“게이트에서 나오는 몬스터들은 무기나 갑옷 같은 것을 입고 있는 것을 TV에서 본 적 있을 거야.”

“본 적 있습니다. 전에 제가 죽인 트롤들도 칼을 들고 있었죠.”

“여기 있는 것들은 몬스터가 들고 있던 것을 주워온 거야.”

“특수한 것입니까?”

“그건 우리도 잘 몰라. 그저 평범하게 생기지 않아서 들고 온 것도 있고 싸우다 보니 범상치 않다 싶어 들고 온 것도 있고.”

말과 함께 박천수가 진열장에 있는 무기들을 보다가 황금색 봉을 집어 들었다. 그러고는 잠시 무게를 가늠하다가 김호철에게 던졌다.

탓!

봉을 잡던 김호철의 얼굴에 놀람이 떠올랐다. 생각보다 엄청 무거웠던 것이다.

“헉!”

그 무게에 놀라 봉을 떨어뜨릴 뻔했던 김호철이 간신히 힘을 줘 버텼다.

"무거워?"

"아주 무겁네요."

"그게 문제야."

박천수의 말에 김호철이 그를 바라보았다.

"네?"

"너한테 잘 맞을 것 같은데 무거워서 쓰기 어려워 보여."

"저한테요?"

김호철의 물음에 박천수가 고개를 끄덕였다.

"보통 능력자들이 사용하는 무기들은 절삭력이 있는 검들이야. 몬스터 사지를 자르기 좋고 상처를 입혀 출혈을 일으켜 전투 불능 상태로 만드니까. 하지만 너는 전기 타입이라 닿기만 해도 감전 상태를 만들지. 항마 능력이 있는 몬스터라면 어느 정도는 버티겠지만 그렇지 않은 놈들은 잠시 동안이든 오래든 전투 불능이 되지."

김호철에게 다가온 박천수가 봉을 받아 들었다.

"그래서 너한테는 봉이 어울려. 하지만…… 쓰지를 못하니 아쉽군."

박천수가 봉을 진열장에 올려놓는 것을 보던 김호철이 말했다.

"그럼 저는 금속으로 된 몽둥이 같은 것을 쓰면 되는 것 아닙니까?"

"그렇지."

박천수의 말에 김호철이 초아를 바라보았다.

"혹시 알루미늄 배트 있어?"

-있습니다.

말과 함께 초아가 손을 들었다.

촤르륵! 촤르륵!

무기가 든 진열장이 벽으로 사라지고 이번에는 운동 용품들이 있는 진열장이 모습을 드러냈다.

골프채부터 야구 배트와 같은 운동 용품들을 보며 김호철이 알루미늄 야구 배트를 손에 들었다.

부웅! 부웅!

야구 배트를 허공에 몇 번 휘둘러 본 김호철을 보며 박천수가 말했다.

"뇌전."

박천수의 말에 고개를 끄덕인 김호철이 배트를 강하게 쥐고는 입을 열었다.

"뇌전."

파지직! 파지직!

배트 위로 치솟는 뇌전을 보며 김호철이 미소를 지었다.

"어떻습니까?"

"괜찮군."

고개를 끄덕인 박천수가 김호철을 데리고 지하실 가운데로 향했다.

"전에 이야기했던 것처럼 우리 훈련장은 여덟 구역으로 나뉜다. 자세한 것은 밤에 초아에게 물어보면 잘 설명을 해줄 것이고 지금 이곳은 싸움 기술을 훈련하는 곳이다. 훈련장."

박천수의 말에 허공에 여러 이미지가 떠오르기 시작했다.

아파트 옥상부터 해변가, 그리고 부서진 시가지까지…….

그중에서 박천수가 해변가를 손으로 눌렀다. 그러자 주위의 환경이 순식간에 해변가로 변했다.

"어?"

갑자기 변한 환경에 김호철이 놀랄 때 박천수가 말했다.

"환영이기는 하지만 네가 느끼는 감각들은 진짜 해변에 있는 것과 같지."

박천수의 말에 김호철이 발밑에 깔려 있는 모래를 손으로 집었다. 까칠까칠하면서도 고운 모래가 손바닥 사이로 흘러 떨어지는 생생한 감촉에 김호철이 놀랐다.

'진짜 모래다.'

손에서 느껴지는 모래는 진짜 모래였다. 환영이라고는 생각이 되지 않는 감촉과 느낌을 주는…….

"아무리 마법이라도 너무 생생한데요."

"이건 우리 사무소 문장이 있는 사람들만 보고 느낄 수 있어."

박천수의 말에 김호철이 자신의 손바닥에 그려진 물방울 문장을 바라보았다.

그런 김호철을 보며 박천수가 말했다.

"여기 있는 환영은 눈으로 보는 것이 아니야. 그 마법진을 통해 직접 네 몸에 각인을 시키고 있는 거야."

"제 몸에 각인?"

"각인이라는 말은 좀 그런가? 흠……."

뭔가 설명을 할 단어를 찾는 듯 잠시 생각을 하던 박천수가 어깨를 으쓱해 보였다.

"초아야, 네가 설명을 해줘라."

박천수의 말에 허공에 초아가 모습을 드러냈다. 그러고는 박천수를 한심하다는 듯 잠시 보다가 김호철을 향해 고개를 돌렸다.

-마법진을 통해 김호철 씨의 기억에 있는 해변의 감각과 느낌을 재현하는 것이라 실제 해변보다 더 현실감 있게 다가오는 것입니다.

그가 잘 알아듣고 있는지 보던 초아가 말을 이었다.

-예를 들자면 저도 이 환영과 비슷한 원리입니다. 저를 볼 수 있는 사람은 우리 사무소 직원들뿐입니다. 그리

고…….

초아가 다가와 김호철의 손을 잡았다.

'따뜻하다.'

김호철을 보며 초아가 말했다.

-문장을 가진 사람만이 저를 만지고 느낄 수 있습니다.

"그렇군."

김호철이 초아에게 설명을 듣는 사이 트랙을 돌던 박천만이 해변가에 들어왔다.

말없이 팔짱을 끼고 있는 박천만의 모습에 박천수가 말했다.

"천만이가 훈련을 할 모양이네. 잘됐다. 호철이는 잠시 이리 와서 천만이 하는 것 보고 어떻게 하는 건지 배워."

박천수의 말에 김호철이 그의 곁에 가서 섰다. 자리가 비워지자 박천만이 해변가로 걸어가며 작게 중얼거렸다.

"초아, 늘 하는 대로."

-알겠습니다.

초아가 손을 들자 주변 풍경이 부서진 시가지로 바뀌었다. 뒤집어진 차, 반쯤 무너진 빌딩과 같이 삭막한 풍경들을 보며 김호철이 옆에 쓰러져 있는 전신주를 손으로 쓸어보았다.

전신주에서 묻어나는 먼지에 김호철이 속으로 감탄했다.

'정말 대단한 환영이군. 먼지까지 그대로 재현을 하다니…….'

김호철이 속으로 중얼거릴 때 박천만이 숨을 고르며 손을 앞으로 내밀었다.

사아악!

순간 박천만의 손이 은색으로 빛이 나더니 날카로운 칼날로 변하기 시작했다.

"저건?"

"우리 천만이 능력은 자신의 몸을 금속으로 만드는 거지."

한 손을 칼날로 만든 박천만이 초아에게 신호를 주었다.

그러자 초아가 허공에 손을 흔들었다.

-몬스터 레벨 1, 오크부터 시작하겠습니다.

초아의 말과 함께 시가지 한쪽에 오크 수십 마리가 모습을 드러냈다.

"크아앙!"

"으르릉!"

도끼와 칼 등으로 무장한 오크들의 모습에 박천만이 그들에게 천천히 걸음을 옮겼다.

오크들이 괴성을 지르며 박천만을 향해 달려들었다.

"크아앙!"

수십 마리의 오크가 달려오자 박천만이 천천히 하지만 곧 빠르게 그들을 향해 뛰어갔다.

순식간에 오크들 사이로 파고든 박천만의 모습이 사라지

자 김호철이 박천수를 바라보았다.

“저거 괜찮은 겁니까?”

“회피 훈련하는 거니까 신경 쓰지 마.”

“회피 훈련?”

“사방에서 날아오는 공격을 피하는 거야. 그리고 보는 것도 훈련이 되니 잘 봐. 환영이기는 해도 실제 오크들의 공격 패턴은 저것과 비슷하니까.”

박천수의 말에 김호철이 오크들을 바라보았다. 오크들은 사방에서 박천만을 포위한 채 공격을 하고 있었다.

하지만 박천만은 그것들을 모두 피하거나 가끔 칼로 그것을 막아내며 움직이고 있었다.

그렇게 수십의 오크 사이를 종횡무진으로 움직이며 회피 훈련을 하던 박천만이 입을 열었다.

“그만.”

박천만의 목소리에 오크 떼가 순식간에 모두 사라졌다. 오크 수십 마리의 공격에서 움직였다고 보이지 않게 박천만의 몸에는 생체기 하나 나 있지 않았다.

우두둑! 우두둑!

목을 비틀어 보인 박천만이 초아를 향해 손가락 세 개를 들어 보였다.

화아악!

—몬스터 레벨 3, 웨어 울프 시작합니다.

초아의 말에 박천만의 주위에 털이 복슬복슬하게 난 늑대 인간 셋이 모습을 드러냈다.

“크르릉!”

“으르릉!”

그러고는 잠시 탐색을 하듯 박천만을 보던 늑대 인간들이 그를 향해 덮쳐 갔다.

박천만과 늑대 인간들이 싸우는 것을 보며 김호철이 박천수에게 말했다.

“늑대 인간이면 B급 몬스터 아닙니까.”

마나석 관련한 판매업을 해서 어떤 몬스터에게서 어떤 마나석이 나오는 것 정도 김호철도 알고 있었다.

“맞아.”

“B급 몬스터 셋을 상대로…… 박천만 팀장님 강하군요.”

“강한 것도 있고 상성도 좋지. 지금 내가 늑대 인간과 싸운다면 최대 둘이 한계일 거야.”

말을 한 박천수가 김호철을 바라보았다.

“몬스터를 상대할 때 가장 중요한 것에는 상성 관계도 포함이 되어 있으니 그것도 나중에 잘 공부해.”

“알겠습니다.”

이야기를 나누던 김호철이 순간 놀랐다. 늑대 인간의 손톱이 박천만의 어깨를 베고 지나간 것이다.

쫘아악!

날카로운 소리와 함께 박천만의 어깨에서 살점 한 덩어리가 떨어져 나갔다.

"헉!"

깜짝 놀라 배트를 들고 뛰려는 김호철을 박천수가 잡았다.

"박 팀장님이?"

"훈련인 것 잊었어?"

박천수의 말에 김호철이 놀란 듯 그를 보다가 박천만을 바라보았다. 박천만의 찢어진 어깨의 출혈이 심했다.

"그럼 저것도 환영입니까?"

"환영은 환영인데 대상은 실제와 똑같은 고통을 느끼지. 실제로 아주 치명적인 대미지를 받으면 환영인데도 쇼크사할 수도 있어."

박천수의 말에 김호철이 긴장이 되는 듯 침을 삼켰다. 환영이라 해도 맞았을 때 아프다면 실제와 다를 것도 없는 것이다.

김호철이 그런 생각을 할 때 박천만이 웨어 울프 셋을 쓰러뜨렸다.

"후우!"

박천만도 웨어 울프 셋을 동시에 상대하는 것이 쉽지는 않았는 듯 이마에 흐르는 땀을 닦아냈다. 박천만의 어깨에 나 있던 상처는 어느새 사라지고 보이지 않았다.

'훈련이 끝나면 상처는 사라지나 보군.'

박천수에게 온 박천만이 입을 열었다.

"백화점에 가야 해."

"백화점?"

"살 것이 있어."

말과 함께 지하실을 벗어나는 박천만의 모습에 박천수가 한숨을 쉬었다.

"나이가 몇인데 아직도 쇼핑 하나 혼자 못해."

작게 중얼거린 박천수가 김호철을 바라보았다.

"훈련은 혼자 하고 있어."

"저 혼자요?"

"저 녀석이 숫기가 없어서 혼자서는 아무것도 못하거든. 싸우는 것 하나 빼고는 세상사는 데 쓸데가 하나도 없다니까."

한숨을 쉬며 자기가 죽으면 어떻게 살려는지 하는 혼자 말을 하던 박천수가 말했다.

"초아한테 말을 하면 도와줄 거야."

"그래도 몬스터와 싸우다 위험하면……."

"초아가 도와줄 거야. 이래 보여도 초아 레벨은 여기 나오는 몬스터들 끝판왕급이야."

말과 함께 박천수가 박천만의 뒤를 따라 빠르게 지하실을 벗어났다.

그런 두 사람의 모습을 보던 김호철이 주위를 보다가 초아를 불렀다.

"초아."

김호철의 부름에 초아가 그에게 다가왔다.

"이 안에서 내가 하는 행동을 다른 사람들이 볼 수 있니?"

-위험한 상황이 생긴다면 제가 소장님에게 연락을 합니다. 그 전에는 지하실을 보는 사람은 없습니다.

"볼 수는 있다는 말이네."

-비밀 수련을 하신다면 이곳을 보지 못하도록 할 수 있습니다.

"소장님도 못 보시는 건가?"

-소장님도 못 보십니다.

초아의 말에 고개를 끄덕인 김호철이 입을 열었다.

"그럼 비밀 수련으로 하고 B급부터 A급까지 몬스터를 모두 소환해 줘."

김호철의 말에 초아의 얼굴이 굳어졌다.

-자살은 옥상에서 뛰어내리시는 것이 빠릅니다.

초아의 말에 김호철이 고개를 저었다.

"초아가 몬스터 컨트롤 가능하잖아."

-그렇습니다.

"소환해서 나를 공격하라는 말이 아니야. 그냥 내 앞에 서 있게 해줘."

-서 있게만? 그럼 훈련이 되지 않습니다.

"나한테는 훈련이야. 몸으로 하는 것이 아닌 이미지 훈련."

김호철의 말에 잠시 그를 보던 초아가 고개를 끄덕였다.

-레벨 3, 4 데이터 뱅크에 저장된 몬스터들을 소환합니다.

화아악! 화아악!

순간 김호철의 주위에 수십 개의 빛과 함께 몬스터들이 소환되기 시작했다.

-현재 제 데이터 뱅크에 저장이 된 레벨 4 8종, 레벨 3 17종 도합 25종의 몬스터를 소환했습니다.

초아의 딱딱한 목소리를 들으며 김호철이 조금은 두렵고 긴장된 얼굴로 몬스터들을 바라보았다.

'B등급 이상의 몬스터들이라 그런지 하나같이 강해 보이고 무섭게 생겼네.'

속으로 중얼거리며 몬스터들을 보던 김호철의 눈에 자신에게 익숙한 데스 나이트의 모습이 보였다.

다른 점이 있다면 눈앞의 데스 나이트는 창을 들고 있다는 것이었다.

'데스 나이트들은 사용하는 무기가 다 다른 건가?'

잠시 데스 나이트를 보던 김호철이 웨어 울프에게 다가갔다. 한 번이라도 더 봤으니 눈에 더 익은 것이다.

웨어 울프의 옆에는 그것과 비슷해 보이지만 생김새가 다른 몬스터들이 더 있었다.

김호철이 그것들을 보고 있자 초아가 말했다.

―라이칸슬로프입니다. 김호철 씨 수준에 맞춰 설명한다면 늑대 인간, 사자 인간, 곰 인간입니다.

'수준 참 낮게 보네.'

초아를 힐끗 본 김호철이 말했다.

"그럼 쥐나, 뱀과 같은 라이칸슬로프도 있는 건가?"

―존재합니다. 하지만 이곳에 저장이 되어 있는 것은 이 세 종류입니다. 그 이유는 다른 라이칸슬로프는 훈련에 도움이 될 정도로 강하거나 특징이 없기 때문입니다.

초아의 말에 더 이상 질문을 하지 않은 김호철이 웨어 울프를 가만히 응시하며 말했다.

"웨어 울프 움직이게 해줘. 나를 공격하게는 말고."

김호철의 말에 초아가 손을 흔들자 웨어 울프가 괴성을 질렀다.

"크아아앙!"

괴성과 함께 웨어 울프가 허공을 향해 손톱을 휘두르고 발을 움직였다.

그런 웨어 울프를 가만히 응시하며 그 모습을 보던 김호철이 초아를 향해 말했다.

"웨어 울프 멈춰줘."

김호철의 말에 초아가 웨어 울프를 멈췄다. 웨어 울프가 멈추자 김호철이 그 앞에 다가가 섰다.

그러고는 가만히 웨어 울프의 눈을 응시했다.

웨어 울프의 눈에서 느껴지는 광폭함을 느끼며 김호철이 그 눈을 바라보았다.

'네 목소리를 들려줘.'

웨어 울프의 눈을 바라보며 김호철이 자신의 기억 속에 선명하게 남아 있는 눈들의 방을 떠올렸다.

그렇게 웨어 울프의 눈을 계속 응시하자 그의 생각 속에 존재하던 눈 중 하나가 붉게 달아올랐다.

마치 지금 웨어 울프의 핏발 선 눈처럼 말이다.

-나를 깨워라.

그리고 선명하게 들려오는 성난 음성에 김호철이 입을 열었다.

"웨어 울프."

파지직! 파지직!

순간 김호철의 몸에서 뇌전과 함께 푸른빛의 털을 가진 웨어 울프가 모습을 드러냈다.

그와 함께 김호철은 몸에서 힘이 빠져나가는 느낌을 받았다. 하지만 데스 나이트가 소환되었을 때와 비교하면 아무것도 아니었다.

데스 나이트가 나타났을 때 다리가 휘청할 정도로 힘이 빠졌다면 지금은 힘이 빠져나갔다는 것을 알 정도의 허탈함만이 느껴졌으니 말이다.

"우우우우! 우우우!"

낮지만 긴 울음소리를 허공을 향해 토한 늑대 인간이 숨을 골랐다.

-늑대 인간이군요.

늑대 인간을 보고 있는 김호철의 옆에 다가온 초아가 말을 이었다.

-데스 나이트와 늑대 인간……. 몬스터를 더 소환할 수 있는 것입니까?

초아의 물음에 김호철이 그녀를 바라보았다.

"나도 몰라. 그래서 실험을 해보려는 거고."

-그래서 몬스터를 소환해 달라 한 것이군요.

"이거 소장님한테 말할 거야?"

-김호철 씨의 행동이 저희 사무소에 문제가 된다 생각이

되면 말을 할 것입니다.

"그래서 말을 할 거야?"

김호철의 물음에 초아가 그를 보며 고개를 갸웃거렸다.

—김호철 씨의 지금 행동이 사무소에 문제가 되는 것입니까?

"그건 아니지."

—그럼 제가 소장님에게 말할 이유는 없습니다.

초아의 말에 김호철이 고개를 끄덕이고는 웨어 울프를 바라보았다. 웨어 울프는 굳은 시선으로 김호철을 보고 있었다. 그 시선에 김호철이 초아를 향해 고개를 돌렸다.

"웨어 울프는 대화가 가능한 존재인가?"

—웨어 울프는 반인반수의 몬스터입니다. 인간의 지능을 소유하고 있을 가능성이 있습니다.

"대화가 가능하다는 건가?"

—웨어 울프의 언어를 하실 수 있다면 하실 수 있을 것입니다.

"못한다는 거군."

웨어 울프의 언어라니…….

고개를 젓던 김호철이 웨어 울프를 바라보았다. 웨어 울프는 김호철을 보며 서 있었다.

"내 말을 알아들을 수 있나?"

김호철의 말에 웨어 울프는 그저 굳은 얼굴로 그를 보고 있을 뿐이었다.

그런 웨어 울프의 시선에 김호철이 턱을 쓰다듬었다.

"'나를 깨워라'라는 목소리 분명 웨어 울프가 한 것인데 왜 대화를 할 수 없는 거지? 내 몸속에 있을 때만 대화가 가능한 건가?'

그런 생각을 하던 김호철이 자신의 웨어 울프가 아닌 초아가 소환한 웨어 울프를 바라보았다.

"내 웨어 울프가 초아의 웨어 울프와 싸울 수 있을까?"

-김호철 씨가 소환한 몬스터 역시 사무소의 문장에 영향을 받습니다.

"그럼 가능하다는 거군."

초아의 웨어 울프를 공격하는 것을 생각하며 김호철이 강하게 소리쳤다.

"공격해!"

김호철의 외침에 푸른색의 웨어 울프가 초아의 웨어 울프를 향해 달려들었다.

"크아아앙!"

날카로운 웨어 울프의 울음과 함께 초아의 몬스터 역시 마주 달려들었다.

쿵!

묵직한 충격과 함께 두 몬스터가 양손을 서로 잡은 채 힘을 겨뤘다.

하지만…….

파지직!

김호철의 몬스터가 힘을 주자 그 몸에서 솟구친 뇌전에 초아의 몬스터가 비명을 지르며 주저앉았다.

"크아아앙!"

거친 울음과 함께 김호철의 웨어 울프가 초아의 웨어 울프의 목을 물어뜯었다.

시뻘건 피가 솟구치는 것을 보며 김호철은 어쩐지 기분이 좋아졌다. 잔인한 것을 좋아한다기보다는 자신의 웨어 울프가 보통 웨어 울프보다 더 강하다는 것이 기분이 좋은 것이다.

그리고 다른 라이칸슬로프와 싸움을 붙이려던 김호철의 얼굴에 의아함이 어렸다.

파지직!

그가 불러낸 웨어 울프가 순간 뇌전이 되어 그의 몸을 돌아온 것이다. 돌아오라는 명령을 내린 것도 아닌데 말이다.

그에 김호철이 다시 정신을 집중하고는 웨어 울프를 불렀다.

"웨어 울프!"

파지직!

순간 김호철의 몸에서 뇌전이 솟구치며 허공에 웨어 울프의 모습을 만들어냈다.

하지만 그것도 잠시 허공에 모습을 그려내던 웨어 울프의 뇌전은 다시 김호철의 몸으로 스며들었다.

'이거 왜 이래? 소환 제한 같은 것이 있는 건가?'

—이상하군요.

초아의 말에 김호철이 그녀를 바라보았다.

"왜 소환이 되지 않는지 알겠어?"

김호철의 물음에 초아가 그를 바라보았다.

—세 가지 경우가 있습니다. 몬스터를 소환하는 마나가 부족할 때.

초아의 말에 김호철이 고개를 저으며 뇌전을 일으켰다.

"마나가 부족한 느낌은 들지 않아. 그리고 데스 나이트에 비하면 웨어 울프는 마나를 그리 많이 가져가지도 않고."

—몬스터와 김호철 씨의 상성이 맞지 않을 때입니다. 상성이 맞지 않는 몬스터를 소환하면 마나의 소모도 크고 유지 시간도 짧습니다.

"상성이라……. 그것도 아닌 것 같은데. 언데드인 데스 나이트가 웨어 울프보다 나와 상성이 좋을 이유가 없잖아. 세 번째는 뭐야?"

—조건이 충족되지 않았을 때입니다.

"조건?"

—이 세상은 등가교환의 법칙이 적용하는 세상입니다. 하나를 얻기 위해서는 하나를 내주는 것이 이치. 마나가 되었든 아이템이 되었든 몬스터를 소환하기 위해서는 주어야 할 무언가가 필요합니다.

"웨어 울프를 소환하는 데 필요한 무언가가 필요하다는 거군."

작게 중얼거린 김호철이 몬스터들을 바라보았다.

"데스 나이트."

파지직!

김호철의 몸에서 뇌전이 뿜어지더니 데스 나이트가 모습을 드러냈다.

'일단 마나 부족은 아니고…… 그렇다면 데스 나이트와 웨어 울프의 차이는…….'

생각을 하던 김호철은 손바닥을 쳤다.

짝!

"마나석이군."

김호철은 그 이유를 알았다. 데스 나이트는 자신에게 적이었던 데스 나이트의 마나석을 뽑아 먹였다.

하지만 웨어 울프는 적이 환영이기에 웨어 울프의 마나석을 자신에게 먹이지 못한 것이다.

이것이 그 둘의 차이였다.

그것을 안 김호철이 초아를 바라보았다.

"웨어 울프의 마나석 있어?"

－있습니다.

"그럼 줄 수 있어?"

김호철의 말에 초아가 그를 보다가 고개를 저었다.

－김호철 씨의 요청은 거부되었습니다.

초아의 말에 김호철이 고개를 끄덕였다. 지금 생각해 보니 뻔뻔한 요구였다.

웨어 울프의 마나석은 B급이다. 발전소를 돌리기에 충분한 마나를 가진 그 가격은 억 단위다.

그런 것을 달라고 했으니…….

'결국은 알아보기 위해서는 내가 사냥해서 내가 먹어봐야 한다는 거군.'

속으로 중얼거린 김호철이 데스 나이트를 돌아오게 하고는 몬스터들을 바라보았다. 자신의 몸에 어떠한 몬스터가 있는지 알 수 없지만 일단은 몬스터들의 모습을 머릿속에 이미지화하는 것이 쓸모가 있다 생각했다.

8장
북한 출장

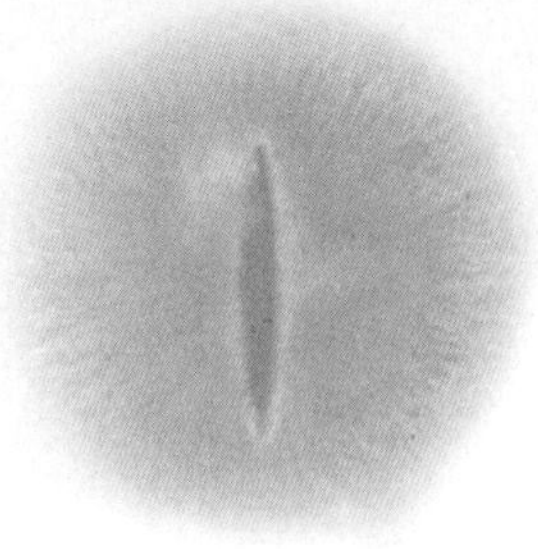

고윤희는 바에 앉아 마리아가 만든 팥빙수를 먹고 있었다.

"음…… 좋다."

하늘하늘한 하얀 원피스를 입은 마리아는 팥빙수 CF의 한 모습처럼 보였다.

"맛있어요?"

마리아의 말에 고윤희가 미소를 지으며 고개를 끄덕였다.

"역시 한국 사람은 한국에서 나는 것을 먹어야 해. 중국 갔더니 으으윽! 먹을 수 있는 게 튀긴 것밖에 없더라고."

"중국 음식 맛있다고 하던데?"

"몰라. 내 입맛에는 안 맞아. 특히 국물 요리는 무슨 이상한 향이 나는데, 우엑!"

토하는 시늉을 하던 고윤희가 팥빙수를 한 입 먹고는 말했다.

"그나마 튀김 요리들은 우리나라 것과 비슷해서 맛있기는 했는데…… 삼시 세끼를 튀김만 먹어봐. 땀에서 기름이 흘러나올 지경이라니까."

팥빙수를 싹싹 긁어 마지막 한 수저를 입에 넣은 고윤희가 발밑을 슬쩍 보고는 말했다.

"신입, 수련 열심히 하네."

"아까 내려가 보니까. 몬스터 구경만 하고 있던데요."

"몬스터 소환을 한다니까. 그 이미지를 구상하려는 건가 보지. 생각은 능력이 되고 이미지는 힘이 되는 것 아니겠어."

"그건 그렇죠."

마리아를 보며 고윤희가 빈 팥빙수 그릇에 커피를 부었다. 검은 커피가 그릇에 묻어 있는 팥과 우유와 섞이며 탁한 갈색으로 변하기 시작했다.

그 모습에 마리아가 한숨을 쉬었다.

"애써 뽑은 커피를……."

"그러니까. 왜 블랙만 주는 거야."

고윤희의 말에 마리아가 고개를 저었다.

"우리 사무소 직원들 입은 너무 싸요."

"싼 게 아니라 쓴 게 싫은 거야. 내 입맛이 얼마나 고급인데…….”

작게 투덜거리며 그릇에 담긴 커피와 팥빙수를 섞어 마시는 고윤희를 보던 마리아의 귀에 벨소리가 들렸다.

띠리링! 띠리링!

벨소리에 마리아가 수화기를 들었다.

“수정 카페입니…… 어머! 협회장님이 어쩐 일이세요? 의뢰요? 협회장님이 직접 전화를 다 주시는 의뢰라……. 의심스러운데요. 네? 북한요? 지금 북한에 가라고요?”

북한이라는 말에 고윤희가 마리아를 바라보았다.

“북한?”

고윤희의 말에 마리아가 손가락을 하나 들어 잠시 기다리라 하고는 통화를 이어 나갔다.

“페가수스 길드……. 흠…… 그렇군요. 그럼 어디랑 어디가 가는 거죠? 저희 안전은 보장되는 건가요? 무슨 걱정이냐고요? 걱정되죠, 북한인데. 보수는요? 호오! 알았어요. 직원들한테 말하고 십 분 안에 전화드릴게요.”

달칵!

한참을 통화하던 마리아가 전화기를 끊고는 초아를 불렀다.

“숙소에 있는 직원들 오 분 안에 모두 모이라고 해줘.”

–알겠습니다.

초아가 사라지자 고윤희가 마리아를 바라보았다.

“북한이라니 무슨 말이야?”

“다 모이면 말을 하겠지만, 북한에서 의뢰가 들어왔어요.”

“믿기 어려운데……. 일은 그렇다 쳐도 일 끝나면 뒤통수 쳐서 돈 안 주려고 하지 않겠어?”

“말 들어보니까 그렇지도 않은 것 같아요.”

웃으며 말을 한 마리아가 커피를 내리기 시작했다. 직원들이 내려오면 커피를 주려는 것이다.

사무소 직원들 중 누구도 좋아하지 않는 블랙커피를 말이다.

마리아가 커피와 다과를 준비하는 사이 카페에 직원들이 들어왔다. 직원들이라고 해도 박천수 형제와 김호철, 그리고 1팀에 속한 한 중년인이 전부이기는 했지만 말이다.

“무슨 일이야?”

바에 앉으며 박천수가 놓인 커피 잔에 우유와 각설탕을 넣었다. 그 모습에 절로 눈을 찡그렸던 마리아가 입맛을 다시고는 입을 열었다.

“협회에서 의뢰가 들어왔어요.”

“어떤 의뢰인데?”

“북한에 여덟 시간 후에 열리는 게이트가 있대요.”

마리아의 말에 김호철이 놀란 눈으로 그녀를 바라보았다.

"북한? 북한 의뢰도 받습니까?"

지구 유일 분단국가 대한민국. 아직도 통일되지 않은 채 38선을 기준으로 분단이 되어 있다.

그런데 북한에서 의뢰라니…….

"그래, 북한에도 능력자들 있잖아. 그런데 왜 남한에까지 의뢰를 해?"

박천수도 의문은 같은 듯 바라보는 것에 마리아가 입을 열었다.

"북한 착취 문제예요."

"착취?"

"북한 놈들 독하기도 하지, 능력자들이 몬스터를 잡고 얻은 마나석이고 뭐고 다 뺏은 모양이에요. 영웅이니 뭐니 하면서 훈장도 주고 했다지만…… 외국 능력자들 사는 것 보니 자신들이 너무 한심하거든요. 그래서 초반에 많이 외국으로 도망을 갔나 봐요. 뭐 그 탓에 능력자 가족들을 죽이고 어쩌고 하면서 못 나가게 했지만 나갈 사람들은 다 나가는 법이죠."

"그렇군."

"게다가 그 후에 나타난 능력자들은 자기 가족들도 그 꼴이 될까 봐 능력이 있는 것을 숨기고 몰래 탈출하고……. 외국에서 돈 벌어서 북한 가족들 데려가고 하는 일이 생기다 보니 북한 능력자는 대부분 씨가 말랐다고 하네요."

"김씨 일가가 참 대단들 해. 말리고 말리다 못해 이제는 능력자 씨까지 다 말리고……."

박천수의 중얼거림에 사람들이 고개를 끄덕였다. 북한 착취 문제야 어제 오늘 일이 아니니 말이다.

"그래서 결론은 국외 출장이라는 소리네."

고윤희의 말에 마리아가 고개를 끄덕였다.

"맞아요. 일단 출장비는 일인당 만 달러. 몬스터 퇴치 후 나오는 마나석은 성과 분배. 어떻게 생각하세요? 여덟 시간 후에 게이트가 열리니 빨리 결정해서 가는 것이 좋을 것 같은데요."

"출장비가 만 달러? 너무 헐값 아냐?"

능력자 사무소는 타국으로 출장을 다닌다. 전에 1팀은 일본으로 3팀은 중국으로 갔던 것처럼 말이다.

일본이나 중국도 자국 내 SG를 보유하고 있고 그 수나 질도 한국에 비해 더 뛰어나면 뛰어났지 못하지 않다.

그런데도 왜 주변 국가에서 능력자를 출장비를 주면서까지 데려가느냐 하면 게이트가 열리는 장소 때문이다.

인적이 드문 곳이나 변두리 도시라면 상관없지만 수십만 인구가 모여 사는 대도시에 만약 게이트가 열린다면 엄청난 인적 물적 피해가 발생한다.

대도시에 있는 작은 건물이라 해도 수십억의 가치를 가진

다. 그리고 작은 건물은 게이트에서 나온 몬스터가 부수기에 어렵지 않다.

거기에 만약 큰 빌딩이라도 무너지기라도 하면 피해는 수백억, 아니, 몇천억이 될 수도 있는 일이다.

그렇기에 대도시에 게이트가 열리는 징조가 발견되면 국가에서는 자국의 능력자는 물론 타국의 능력자들까지 출장비를 주고 전세기를 보내 태워오는 것이다.

그리고 그 출장비는 보통 일억이다. 그런데 북한은 그 십분의 일인 천만 원으로 출장을 오라고 하는 것이다.

"한국 정부에서 모자란 금액은 채워줄 거예요."

"내가 담배 피워가며 번 돈을 이런 곳에다 쓰고 있었군."

박천수가 마음에 들지 않는 듯 투덜거리자 고윤희가 입을 열었다.

"소장 말대로라면 한국 정부에서도 북한에 대한 것을 알고 있다는 거네?"

"맞아요. 그래서 어떻게 하시겠어요? 게이트로 갈 거면 일찍 가서 숨이라도 쉬고 있는 것이 좋을 것 같은데."

"그건 그렇지."

고윤희가 고개를 끄덕였다. 게이트가 생기는 지역에서는 마나의 농도가 짙다.

그래서 능력자는 게이트가 있는 곳에서는 숨만 쉬어도 마나를 더 많이 쌓을 수 있다.

고윤희를 잠시 본 박천수가 입을 열었다.

“하지만 북한이라 조금 걸리는데……. 혹시라도 일 끝나고 못 돌아오는 것 아냐?”

박천수의 중얼거림에 고윤희가 웃으며 그의 어깨를 손으로 툭 쳤다.

“그렇게 되면 내가 길을 뚫을 테니 박 팀장님은 내 엉덩이나 보면서 따라오세요.”

고윤희의 말에 마리아가 고개를 끄덕였다.

“이번 일은 저희만 가는 것이 아니에요. 네 개 길드에서 B급 이상 몬스터를 상대할 수 있는 정예 길드원들만 가는 것이니 북한에서 핵이라도 쓰지 않는 이상 저희를 붙잡아 두거나 이상한 짓을 하지는 못할 거예요.”

마리아의 말에 고윤희가 입을 열었다.

“그나저나 집에 간 직원들은 못 데리고 가겠네.”

“일본하고 중국 출장 갔다 온 지 얼마 되지 않았으니 이번에는 팀장급과 1팀 오현철 삼촌만 가는 것으로 합니다.”

마리아의 말에 김호철이 급히 손을 들었다.

“저는?”

김호철의 말에 마리아가 그를 보다가 입을 열었다.

“박천수 팀장님 생각은 어때요?”

"데스 나이트를 소환할 수 있으니 전력으로 따지면 우리 쪽에서도 A급이라 할 수 있겠지. 게다가 호철이도 실습을 하기도 해야 하고 언제까지 지하에 처박혀 있을 수는 없잖아."

박천수가 김호철을 바라보았다.

"그리고 SG가 아니라 프리 헌터에 들어온 이유가 돈일 텐데 언제까지 놀고만 있을 수도 없을 테고. 그렇지?"

박천수의 말에 김호철이 고개를 끄덕였다.

"맞습니다."

김호철의 답에 마리아가 잠시 생각을 하다가 고개를 끄덕였다.

"그럼 김호철 씨도 가는 것으로 하겠습니다. 박천수 팀장님께서 김호철 씨 뒤를 좀 봐주세요."

"그렇게 하지."

박천수의 답에 고개를 끄덕인 마리아가 전화기를 들었다.

"협회장님, 저희 쪽은 다섯 명이 갈 거예요. 능력요? 후! 저희 사무소 직원들 실력이야 다 뛰어나죠. 아! 지금 올라갈게요."

전화기를 끊은 마리아가 직원들을 바라보았다.

"헬기가 온다고 옥상으로 올라오래요."

마리아가 바에서 나와 직원들을 데리고 옥상으로 올라가자 김호철이 의아한 듯 박천수에게 물었다.

"옥상에 헬기 착륙장이 있습니까?"

"착륙장은 무슨…… 그냥 올라타는 거야."

"올라타요?"

"올라가서 우리들 하는 것 보고 따라 하면 돼."

김호철의 등을 툭툭 두들긴 박천수가 그를 데리고 옥상으로 올라갔다.

옥상에 도착하자 초아가 가방들을 들고 대기를 하고 있었다.

—장비를 챙겼습니다.

말과 함께 초아가 직원들에게 가방을 전달했다. 김호철도 초아가 챙겨주는 가방을 받아 안을 바라보았다. 가방 안에는 K2와 탄창 열 개, 그리고 야구 방망이가 들어 있었다.

"고마워."

김호철의 말에 초아가 고개를 숙였다.

—살아서 돌아오세요.

초아의 말에 고개를 끄덕이던 김호철이 커다란 소리가 들려오자 하늘을 올려다보았다. 하늘에는 어느새 온 헬기 하나가 천천히 하강을 하고 있었다.

두두두두두!

프로펠러가 요란하게 돌아가는 소리와 함께 조금씩 바람이 거세지기 시작했다.

그리고 헬기에서 밧줄이 떨어졌다.

휘리릭!

허공에서 풀리며 옥상에 떨어진 밧줄을 박천수가 잡았다.

"먼저 올라갑니다."

말과 함께 고윤희가 훌쩍 땅을 박차더니 박천수의 어깨를 한 번 더 밟고는 하늘로 솟구쳤다.

탓탓탓!

수직으로 선 밧줄을 밟으며 몸을 솟구치는 고윤희의 모습에 김호철의 얼굴에 놀람이 어렸다.

'어떻게?'

김호철이 놀랄 때 박천만과 오현철이 밧줄을 잡고는 빠르게 올라가기 시작했다.

고윤희가 보여준 것과는 비교할 수 없지만 박천만과 오현철 역시 대단히 빠르게 밧줄을 잡고 올라가고 있었다.

마지막으로 남은 박천수가 김호철을 바라보았다.

"올라갈 수 있겠어?"

"저는 안 될 것 같은데요."

팔심만으로 잡고 올라가야 하는 밧줄을 타고 올라갈 자신이 없었다.

그런 김호철의 모습에 박천수가 피식 웃고는 그의 허리를 손으로 감쌌다.

그러고는 밧줄을 단단히 쥐었다.

"올려!"

박천수의 외침과 함께 두 사람이 매달린 밧줄이 빠르게 위로 올라가기 시작했다.

휙! 휙!

빠르게 위로 올라가며 박천수가 밑에서 올려다보고 있는 마리아를 향해 소리쳤다.

"올 때 북한 과자라도 사올게!"

"기대할게요!"

손을 흔드는 마리아를 보며 웃는 박천수를 박천만이 손을 내밀어 헬기로 끌어 올렸다.

박천만의 도움으로 헬기에 올라탄 박천수가 소리쳤다.

"갑시다!"

박천수의 외침에 헬기가 빠르게 북쪽으로 향하기 시작했다.

행복 사무소 직원들을 태운 헬기가 사라지는 것을 보던 마리아가 크게 기지개를 켜고는 옥상을 내려가기 시작했다.

두두두!

프로펠러가 돌아가는 소리를 들으며 김호철은 밖을 내려다보았다.

시골 촌 동네처럼 보이는 마을들이 나타났다. 그것을 가만히 내려다보던 김호철이 앞에 한복을 입고 있는 사내를 바라보았다.

협회장이 보냈다는 사내, 조한석은 손에 들린 염주를 돌리고 있었다.

“여기가 북한입니까?”

김호철의 말에 조한석이 가만히 눈을 떠서는 그를 바라보았다.

“그렇습니다.”

“북한에 자주 오셨습니까?”

김호철의 물음에 조한석이 고개를 끄덕였다.

“한 달에 한두 번은 오는 편이지요.”

조한석의 말에 고윤희가 웃으며 말했다.

“‘조선’에서 이런 부수입이 있는 줄은 몰랐네.”

조한석이 속한 사무소의 이름은 조선이었다. 고윤희의 말에 조한석이 그녀를 바라보았다.

“힘든 일입니다.”

“게이트 일에 안 힘든 일이 있나.”

고윤희의 말에 가만히 그녀를 보던 조한석이 입을 열었다.

"저번에 갔을 때 페가수스 길드 인원 여섯이 죽었습니다."

조한석의 말에 고윤희가 웃었다.

"그놈들이 못난 거지."

"페가수스 1팀 여섯입니다."

조한석의 말에 박천수가 놀란 듯 그를 바라보았다.

"1팀이면 페가수스 그쪽 에이스들이잖아?"

박천수의 말에 조한석이 그를 보다가 눈을 감았다.

"힘든 일입니다."

조한석의 중얼거림에 박천수가 황당하다는 듯 말했다.

"길드끼리 뭉쳐서 다닐 텐데 어쩌다 여섯 명이 당한 거야. 게다가 페가수스 1팀은 열 명이 뭉쳐서 다니잖아."

박천수의 물음에 조한석이 눈을 감고 있다가 입을 열었다.

"SG가 있고 없고의 차이를 이번에 아실 겁니다."

"SG?"

"우리가 어디를 가든 게이트가 열리는 곳에는 SG가 있고 군인들이 있습니다."

"그렇지."

"하지만 북한에서는 게이트가 열리는 곳에 오직 저희밖에 없습니다."

"우리밖에 없다고? 북한에 능력자 씨가 말랐다는 이야기는 들었지만 북한하면 군대잖아."

남한에 비해 두 배 이상 많은 보병을 보유한 곳이 바로 북한이다.

그런데 게이트가 열리는 곳에 군대가 없다니?

의아해하는 박천수를 보며 조한석이 입을 열었다.

“게이트가 열리는 곳에는 저희밖에 없습니다. 북한 군인들은 게이트가 열리는 곳에서 5㎞ 떨어진 곳에 포위망을 구축합니다.”

“5㎞? 그 정도 거리면 아무런 지원이 되지 않잖아.”

박천수의 말에 조한석이 고개를 끄덕였다.

“지원은 없습니다. 죽든 살든 게이트에 투입된 저희 프리헌터들의 몫입니다.”

“허!”

황당하다는 듯 조한석을 보던 박천수가 입을 열었다.

“이러면 너무 위험한데…….”

잠시 생각을 하던 박천수가 말을 이었다.

“지금 와서 헬기 돌리라고 해봤자 돌리지는 않을 것 같고……. 한국 정부도 이 일이 위험하다는 것을 알 텐데 왜 도와주는 거야? 설마 통일을 위한 햇빛 정책은 아닐 테고?”

“5년 전에 38선을 뚫고 들어온 몬스터들 기억나십니까?”

“기억이고 자시고 그 자리에 나도 있었는데.”

5년 전, 38선을 뚫고 몬스터가 대거 남하한 적이 있었다.

당시 그 수가 얼마나 많았는지 정부에서는 그곳에 1차로 포격을 감행한 후 능력자들을 투입시켰었다.

다행이라면 인가가 없는 곳이라 민간인 피해는 없었다는 것이지만 어쨌든 그때 그 자리에 있던 박천수는 그날을 잊을 수가 없었다. 수많은 몬스터의 사체와 능력자들의 흘린 피가 흐르던 피의 강을 말이다.

"북한에서 게이트에서 나온 몬스터들을 유인해 남쪽으로 보낸 것입니다."

"몬스터들 통제를 어떻게 하고 유인을 해? 한 마리라도 통제에서 벗어나면 민가에 큰 피해가 생길 텐데?"

"북한에서 그런 걱정을 하고 일을 한다 생각을 하십니까?"

"허! 그럼 민가 피해 따위는 신경도 쓰지 않고 몬스터들을 남한으로 보낸 거야?"

"더 지독한 것도 보실 수 있는 곳이 북한입니다."

그것으로 말을 마친 조한석이 헬기 밖을 바라보았다.

"도착한 모양입니다."

조한석의 말에 일행들이 창밖을 바라보았다. 창밖에는 농지가 펼쳐져 있었고 그 위에 헬기 일곱 대가 착륙해 있었다.

"우리가 제일 늦은 모양이군."

박천수의 말에 김호철이 긴장이 되는 듯 숨을 크게 들이마시고 내쉬었다.

그런 김호철의 모습을 가만히 보던 조한석이 입을 열었다.

"저 친구는?"

조한석의 물음에 박천수가 김호철의 어깨에 손을 올렸다.

"우리 막내."

"막내? 협회장님께서 B등급 몬스터를 상대할 수 있는 이로만 팀을 꾸리라 하지 않았습니까?"

"맞아."

담담한 박천수의 말에 조한석이 김호철을 바라보았다.

"박 팀장님이 그렇게 말을 하는 것을 보니 상당한 실력자인가 보군요."

"상당하기는 한데…… 뭐, 아직은 뒤를 받쳐 줄 사람이 필요하지."

"행복 사무소 일이니 알아서 하십시오."

두두두두!

이야기를 나누는 사이 헬기가 착륙을 했다.

덜컥!

문을 열고 내리는 일행과 함께 땅에 내린 김호철은 무언가 묘한 감각을 느꼈다. 따스한 기운이 몸을 감싸는 듯한 느낌을 말이다.

"날씨가 따스하군요."

김호철의 말에 박천수가 웃으며 고개를 저었다.

"일반인들은 그렇게 안 느낄걸."

"네?"

무슨 말이냐는 듯 바라보는 김호철을 보며 박천수가 말했다.

"지금 네가 느끼는 따듯한 기분은 게이트를 열기 위해 모인 마나가 네 몸을 감싸고 있기 때문이야. 평소에는 느끼지 못할 정도로 약한 농도의 마나였다면 지금은 네가 몸으로 느낄 정도로 마나를 느끼고 있다는 것이지."

박천수의 설명에 김호철이 고개를 끄덕였다. 그런 김호철과 박천수의 대화를 들은 조한석이 물었다.

"설마 게이트가 처음인 건가?"

조한석의 말에 박천수가 웃으며 고개를 끄덕였다.

"각성한 지 얼마 되지 않아서 게이트는 이번이 처음이지."

박천수의 말에 조한석이 김호철을 보다가 말했다.

"자네 능력이 뭔지 모르겠지만 위험한 곳이니 박 팀장님 옆에 꼭 붙어 있게."

"말씀 감사합니다."

조한석의 당부를 들으며 김호철 등은 한쪽에 쳐져 있는 군용 막사 안으로 들어갔다.

막사 안에는 몇몇 사람이 모여 이야기를 하고 있었다. 그 중에는 북한군 복장을 한 장교도 몇 포함이 되어 있었다.

"오늘 협회 회식이라도 하는 건가?"

박천수가 농을 하며 안으로 들어가자 백발의 노인이 그를 힐끗 바라보았다.

"쓸데없는 소리 하지 말고 이리 와."

노인의 말에 박천수가 고개를 끄덕이고는 그에게 다가갔다. 그리고 노인과 박천수가 막사 한쪽에 걸려 있는 지도를 보며 이야기를 나누기 시작했다.

그것을 김호철이 보고 있을 때 오현철이 다가왔다.

"같은 임무는 처음이군."

1팀 팀원 오현철은 마흔이 넘은 아저씨로 기러기 아빠였다. 가족들을 미국에 보내고 여기서 돈을 벌어 그들 뒷바라지를 하는.

그래서 일본 출장을 갔다 온 팀원들이 가족들과 지내러 갔을 때도 숙소에서 머물다 이렇게 일을 하러 온 것이었다.

"잘 부탁드립니다."

"부탁이야 내가 해야지. 몸으로 싸우는 나이니 자네 총 솜씨가 필요할 거야."

"오 선배님 맞히지 않도록 노력하겠습니다."

"후! 제발 그렇게 해줘."

웃으며 김호철을 보던 오현철이 박천수 쪽을 바라보았다.

"박 팀장님하고 이야기 나누는 사람이 우리나라 최대 길드인 조선의 부길마 백유 어른이야. 눈 마주치면 공손히 인사드려."

"알겠습니다."

고개를 끄덕인 김호철이 문득 오현철을 바라보았다.

"그런데 왜 저희는 사무소고 다른 곳은 길드인 겁니까?"

"길드는 묶여 있는 개념이 강하잖아. 한 가족이라는 이념도 있는 것 같고……. 소장님 생각인데 우리는 서로 이익 때문에 모여 있잖아. 그래서 길드라는 이름보다는 용역 사무소가 더 어울린다 생각하시는 것 같아."

잠시 말을 멈춘 오현철이 웃으며 말을 이었다.

"하지만 누구보다 우리 직원들을 아끼는 것이 바로 소장님이네. 이름으로만 가족이라 하는 길드보다 나는 우리 용역 사무소가 더 가족처럼 느껴지네."

행복 사무소를 아끼는 것이 느껴지는 오현철의 말에 김호철이 그를 바라보았다.

그렇게 두 사람이 이야기를 나누고 있을 때 작전 상황에 대한 이야기를 들은 박천수가 다가왔다.

"자, 모여봐."

일행들을 모이게 한 박천수가 천막을 나섰다. 천막을 나온 박천수가 주위를 보다가 한쪽에 있는 산을 가리켰다.

"우리는 저 산 밑에서 대기한다."

"게이트는 어디서 열리는 것입니까?"

김호철의 물음에 박천수가 천막 오른쪽을 가리켰다. 그곳에는 사십 명가량의 사람이 모여서 쉬고 있었다.

"저기쯤이다."

"게이트 앞에서 몬스터 잡아야 하지 않습니까?"

"게이트가 열리면 어떤 놈들이 튀어나올지 알 수 없으니 상황 파악을 할 거리가 필요해."

잠시 산 쪽을 보던 박천수가 일행들을 보며 말했다.

"하지만 그 전에 시간은 있으니 게이트 가까운 곳에서 마나나 먹으면서 대기하자고."

말과 함께 박천수가 일행들을 데리고 모여 있는 사람들 곁에 다가갔다.

"어이! 박 팀장 오랜만이야!"

"고윤희 씨, 이리로 와요."

행복 사무소 사람들과 안면이 있는 사람들이 웃으며 손을 들며 환영했다.

"어머! 초 사형, 오랜만이네. 도사 주제에 요즘도 음기 따라 여자들 손대고 다니는 것 아냐?"

"무량수불……. 도사라 하여 음양의 도를 따르지 않는 것은 천지만물의……."

"됐네요. 어쨌든 초 사형 있는 것을 보니 반갑네."

고윤희가 한쪽에 앉아 있는 남자에게 다가가는 것을 보던 김호철에게 박천수가 말했다.

"게이트가 열리는 포인트는 다른 곳보다 마나가 더 활발하지. 여기서 숨을 쉬는 것만으로 능력자에게는 보약 먹는 거니까. 남은 시간 동안 여기서 밥도 먹고 명상도 하고 할 거다. 편한 자리 찾아서 앉아 있어. 현철 형이 호철이 좀 챙겨줘요."

"그렇게 하지."

김호철을 오현철에게 맡긴 박천수가 다시 천막 쪽으로 들어갔다.

김호철을 데리고 한쪽에 있는 풀밭 위로 간 오현철이 말했다.

"눈 뜨고 있고 말을 하고 있는 사람들 외에 눈 감고 있거나 말 없는 사람들한테는 절대 다가가지도 말고 말도 걸면 안 돼."

"금기 같은 겁니까?"

"살인 나."

오현철의 말에 김호철이 놀라 그를 바라보았다.

"말을 걸었다고 살인이 나요?"

김호철의 물음에 오현철이 고개를 끄덕이고는 설명을 해주었다.

"게이트 주변에서는 마나가 활성화가 되니 다른 곳에서 수련하는 것보다 더 큰 효과를 얻어. 그래서 무공을 익힌 무림인들은 이런 곳에서 수련을 하지."

"주화입마인가요?"

"소설 좀 봤나 보네."

"중학교 때 좋아했습니다."

"사람들 많은 곳에서 하는 거라 그리 깊게 수련을 하지는 않지만 어쨌든 자극을 받으면 이때까지 하던 수련 멈추고 다시 시작을 해야 하니. 엄청 화를 낼 거야. 무슨 말인지 알겠지?"

"알겠습니다."

김호철의 말에 고개를 끄덕인 오현철이 말했다.

"너도 할 것 있으면 해."

말과 함께 오현철이 양팔을 크게 벌려서는 심호흡을 하기 시작했다. 호흡을 통해 마나를 흡수하려는 모양이었다.

김호철이 주위에 있는 사람들을 바라보았다. 그들 중 몇은 잡담을 나누고 있었고, 몇은 오현철처럼 크게 숨을 들이마시고 내뱉고를 반복하고 있었다. 그리고 몇은 무협 소설에 나오는 주인공들처럼 정좌를 한 채 눈을 감고 있었다.

그들을 가만히 보던 김호철이 오현철을 바라보았다. 뭔가 묻고 싶어 하는 김호철의 시선에 오현철이 말했다.

"나는 숨 쉬는 것뿐이니까. 물어도 돼."

"저도 내공 심법을 익힐 수 있습니까?"

김호철의 말에 오현철이 피식 웃으며 고개를 저었다.

"요즘은 다 통틀어서 마나라고 하지만 내공은 마나하고 조금 성질이 달라. 네가 처음부터 내공을 수련하던 사람이라면 상관없겠지만 그렇지 않고 각성을 통해 마나를 얻었다면 무림인들이 하는 내공 심법은 소용이 없어."

"그렇습니까?"

"나도 고윤희 씨한테 들은 건데 내공과 마나는……."

설명을 하던 오현철이 한숨을 쉬며 고개를 저었다. 자신도 안 된다는 것만 알지 왜 안 되는지는 설명할 재간이 부족한 것이다.

"설명하기 어렵지만 마나하고 내공은 위치한 곳이 달라서 같이 사용할 수 없대."

"그렇군요."

김호철이 고개를 끄덕일 때 고윤희가 다가왔다.

"왜? 무공에 관심 있어?"

자신들의 이야기를 들었는지 묻는 고윤희의 말에 김호철이 고개를 끄덕였다.

"소설에서나 나오는 무공을 익힐 수 있으면 더 강해지지 않겠습니까."

김호철의 말에 고윤희가 피식 웃으며 고개를 끄덕였다.

"능력자가 무공을 익히면 그야말로 엄청나기는 하겠지.

하지만 아주 어려운 일이야."

"가능은 한 겁니까?"

"내공은 몰라도 초식이나 무공은 익힐 수 있겠지. 하지만 뭐 하러 그래?"

"강해지려면……."

"무공을 익힌다고 하루아침에 강해질 것이라 생각해?"

"그건 아니지만……."

고윤희가 김호철에게 다가와 그 손목과 몸을 주물렀다. 청순하고 매력적인 여자가 자신의 몸을 주무르는 것에 김호철에 살짝 흥분이 어렸다.

그런 김호철의 모습에 고윤희가 슬쩍 다리를 들었다.

퍽!

"크윽!"

자신의 사타구니를 강타한 고윤희의 무릎에 김호철이 그대로 주저앉았다.

"아아아아……."

비명을 지를 수도 없었다. 그저 힘 빠진 신음만을 흘릴 뿐…….

그런 김호철을 보며 고윤희가 웃었다.

"내 앞에서 막대기 세운 벌이야."

'마…… 막대기?'

무슨 의미인지는 알았다. 다만 여자 입으로 남자에게 너무 쉽게 말을 하니 당황스러울 뿐…….

그런 김호철을 보며 고윤희가 쭈그린 그의 엉덩이를 손으로 두들겼다.

"또 세우면 이번에는 터뜨릴 거야."

"아…… 알겠습니다."

김호철의 말에 싱긋 웃은 고윤희가 그의 엉덩이를 손으로 두들기며 말했다.

"근골도 보통이고 맥도 보통이니 이십 년 정도 수련하면 B급 몬스터 정도는 상대할 수 있을 거야."

"이…… 십 년?"

"그래. 그러니까. 각성자들이 무공을 안 익히는 거야. 무공을 통해 얻는 힘이 지금 자신들이 가진 힘에 비해 약하니까. 이를테면 한국어를 아는 사람이 제주도 사투리를 할 필요는 없는 거야."

엉덩이를 두들기던 고윤희가 자리에서 일어나며 말했다.

"이미 네가 가진 힘은 너한테 넘치고 흘러. 다른 힘에 욕심 내지 말고 네 안에 있는 힘들이나 신경 써."

"힘들?"

고윤희의 말에 몸을 일으킨 김호철이 그녀를 바라보았다.

"제 힘, 아니, 힘들에 대해 알고 있습니까."

"내 힘도 아닌데 내가 어떻게 알아. 다만, 전에 네 진맥을 했을 때 보니 내공, 아니, 마나 종류가 수십 개더라. 그 힘이 뭔지 잘 모르면서 남의 힘에 욕심 내지 말라는 말이야."

말과 함께 몸을 돌려 정좌를 하고 있는 사람들 쪽으로 가는 고윤희를 보던 김호철이 자신의 손을 내려다보았다.

'수십 개의 힘……. 고윤희가 느낀 것은 내 안에 있는 몬스터들의 마나인 건가?'

잠시 생각을 하던 김호철이 땅에 엉덩이를 붙인 채 눈을 감았다.

눈을 감은 채 자신이 이미지화를 한 몬스터들을 떠올렸다. 그러자 데스 나이트와 웨어 울프, 그리고 그동안 그에게 자신을 불러 달라고 말을 건 몬스터 세 마리가 모습을 더 드러냈다.

커다란 골렘과 뱀인간, 그리고 날개가 달린 돌로 된 석상.

자이언트 골렘.

나가.

가고일.

셋 다 B급 몬스터로 자이언트 골렘은 4m에 육박하는 거대한 육체를 가진 바위로 된 몬스터였다. 물리 공격력이 특히 강한 몬스터로 크기만큼이나 힘이 좋은 놈이었다.

나가는 뱀인간이다. 하체는 뱀이고 상체는 뱀의 비늘을 가진 인간 형태를 띠고 있는데 손이 네 개로 독과 마법 공격을 한다.

가고일은 혹시나 비행 몬스터와 싸울 일이 있을까 싶어 이미지화를 한 녀석이었다. 돌로 만들어진 비행형 몬스터로 골렘과 비슷한 놈이었다.

하지만 실제 소환을 한 적은 없었다. 웨어 울프 때처럼 연습 때 소환하고 실전에서 소환하지 못하면 아무런 도움이 되지 못하니 말이다.

'게이트에서 나온 몬스터들 중 이들이 있으면 먼저 잡아야겠군.'

속으로 중얼거리며 몬스터들을 하나씩 이미지화하던 김호철이 눈을 떴다.

'그나저나 꿈에서 봤던 그 눈들을 다시 한 번 봤으면 좋겠는데.'

그때의 그 무서웠던 공간, 눈들만 가득 차 있던 어두운 곳에 다시 들어갔으면 좋겠다는 생각이 들었다.

눈을 감고 그때의 기억을 생각하면 선명하게 떠오르기는 한다. 하지만 그것은 기억 속에 있는 이미지지 실제는 아닌 것이다.

'수면제라도 먹고 잠을 자볼까?'

9장
다 나와!

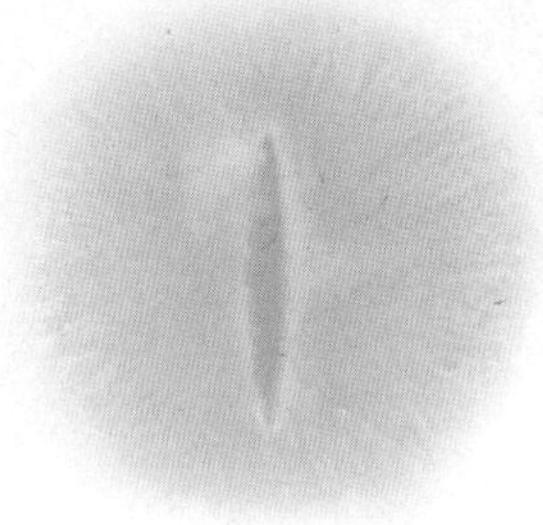

능력자들이 게이트가 열리는 곳에서 휴식을 취하고 마나를 흡수하고 있는 동안 북한 군인들은 게이트 주변에 땅을 파고 무언가를 심고 있었다.

"지뢰인 것 같은데……."

김호철이 북한 군인들의 행동을 보고 있을 때 박천수가 다가왔다.

"지뢰 맞아. 게이트가 열리고 나오는 몬스터들을 1차로 저걸로 줄인다고 하는군."

박천수의 말에 군인들을 보던 김호철이 물었다.

"이 근처에 민간인도 없는 것 같은데 지뢰 심고 포격을 하면 몬스터들 상대할 수 있지 않습니까?"

"육상형이면 가능하겠지. 하지만 언데드나 마법형, 비행형은 지뢰나 포로는 타격이 가능하지 않아. 그래서 우리들이 와 있는 거고."

그러고는 박천수가 바닥에 내려놓은 중화기를 가리켰다.

"이거 너 주려고 가져왔다.

"기관총이군요."

"아무래도 K2 하나로는 화력이 부족할 것 같아서 하나 얻어왔다. 아! 그래도 돌려주려고 들고 가지는 마. 잡혀간다."

얻어왔다고 하지만 박천수가 웃는 것을 보니 아무래도 어디 거치돼 있던 것을 훔쳐 온 모양이었다.

중화기는 M60과 비슷했지만 모양은 조금 달랐다. 탄띠가 아닌 커다란 탄창을 밑에서 끼워 올리는 형태로 되어 있었다.

김호철이 그것을 보고 있을 때 박천수가 일행들을 불러 모았다.

"한 시간 후쯤 열릴 거니까. 슬슬 작전 지역으로 이동하자고."

박천수가 오현철을 바라보았다.

"현철 형이 호철이 좀 업고 오기로 하고 일단 우리는 작전지로 이동."

말과 함께 박천수가 산이 있는 곳으로 달리기 시작했다.

파앗!

마치 백 미터 달리기 선수처럼 빠르게 내달리는 박천수의 모습에 김호철의 얼굴에 감탄이 어렸다.

'빠르다. 올림픽에 나가도 되겠는데.'

올림픽에 나가는 달리기 선수보다 더 빨라 보였다. 하지만 기본적으로 올림픽에는 능력자들이 나갈 수 없으니 말이다.

김호철이 그런 생각을 할 때 그의 몸을 오현철이 안아 들고는 바닥에 놓인 총과 탄창이 든 상자를 손에 들었다.

"좀 들썩일 거야."

말과 함께 오현철의 몸 근육이 부풀어 오르기 시작했다. 순식간에 헐크처럼 커다란 몸과 근육질을 만들어낸 오현철이 앞서 뛰어가는 일행들의 뒤를 쫓아 내달리기 시작했다.

'빠르다.'

마치 오토바이를 타고 달리는 것 같은 속도감과 바람을 느끼며 김호철이 감탄할 때 순식간에 박천수와 박천만을 따라잡은 오현철이 땅을 강하게 박찼다.

파앗!

"우와!"

오현철의 품에 안겨 10m는 될 정도로 솟구친 김호철이 함성을 질렀다.

그리고 오현철의 몸이 다시 빠르게 땅에 떨어졌다.

쿵!

묵직한 충격과 함께 땅에 내려선 오현철이 김호철을 내려 주었다.

"우오!"

아직도 놀람이 가시지 않아 소리를 지르는 김호철을 보며 오현철이 몸의 근육들을 줄였다.

뿌드득! 뿌드득!

근육이 이완되며 평소 모습으로 돌아오는 오현철을 보며 김호철의 얼굴에 감탄이 어렸다.

"대단하군요. 마치 헐크 같았습니다."

"육체 강화 능력자치고는 허접한 능력이지. 보통은 이렇게 육체가 변하지 않은 상태에서 힘을 써야 하는데 말이지."

오현철이 한숨을 쉬며 고개를 저을 때 박천수가 소리쳤다.

"노닥거리지 말고 준비들 해. 호철이는 여기서 총 쏠 준비하고."

오현철이 기관총을 들고는 박천수가 지목한 장소에 총을 올려놓았다.

감사하다는 인사를 한 김호철이 돌 위에다 기관총을 거치하고는 그 옆에 탄창을 올려놓았다. 그리고 K2와 야구 방망이를 손이 잘 닿는 곳에 내려놓았다.

"후!"

숨을 쉬며 게이트가 열리는 곳을 보니 이미 그곳에 있던 능력자들은 사방으로 흩어지고 없었다. 그리고 남아 있던 군인들도 곧 차를 타고는 자리를 뜨기 시작했다.

“마나가 진동을 하는 것을 보니 곧 게이트가 열린다. 게이트가 열리고 몬스터가 나오면 지뢰가 곧 터질 것이니 그 진동에 놀라지들 마. 몬스터들이 다가오면 최대한 끌어들인 후에…….”

잠시 말을 멈췄던 박천수가 싱긋 웃으며 말했다.

“내가 고른 놈만 골라서 딴다. 다른 돈 안 되고 힘들기만 한 건 그냥 내버려 둬.”

박천수의 말에 김호철이 그를 바라보았다.

“몬스터를 막지 않으면 피해가 있을 텐데요.”

“5㎞ 밖에 북한 애들 있으니까. 알아서 막거나 다른 길드에서 막겠지.”

그러고는 박천수가 김호철을 바라보았다.

“저기 바위 보이지? 저기 넘어 오는 놈들 보이면 그 기관총으로 막 갈겨대.”

“알겠습니다.”

김호철의 답에 박천수가 그에게 일어나 보라고 하고는 기관총 앞에 앉아서는 총구를 좌우로 움직이기 시작했다. 그러고는 유리 케이스를 꺼내 검은 담배를 꺼내 입에 물었다.

화아악!

불을 붙여 담배 연기를 한 모금 빤 박천수가 연기를 길게 두 가닥 뿜어냈다.

"후! 후!"

그러고는 담배 연기를 땅에 박았다. 두 가닥의 담배 연기를 땅에 박은 박천수가 다시 총구를 좌우로 움직였다.

담배 연기에 막혀 총구가 일정 구역을 벗어나지 않도록 한 박천수가 말했다.

"담배 연기가 막고 있는 곳까지만 쏘고 담배 연기 너머로는 쏘지 마. 잘못하면 우리가 맞는다."

"알겠습니다."

박천수가 담배 연기를 다시 빨아들였다가 길게 내뿜었다.

좌우로 길게 뻗어 나가는 담배 연기를 보며 박천수가 말했다.

"이 담배 연기 선 밖으로는 나가지 마. 선 너머까지가 김호철의 사격 범위니까."

그것으로 지시를 끝낸 박천수가 행복 사무소 직원들을 보며 입을 열었다.

"모여."

박천수의 말에 직원들이 그에게 다가왔다.

"호철이, 너도 이리 와."

박천수가 손을 내밀자 직원들이 그 손에 자신들의 손을 올렸다.

"돈보다 귀한 건!"

"목숨."

"돈은!"

"내일 벌면 된다!"

평소 말수가 없는 박천만도 지금은 크게 소리를 지르고 있었다. 그런 직원들을 보며 박천수가 미소를 지었다.

"오늘도 적당히 벌어보자고."

박천수의 말에 김호철은 긴장이 풀리는 것을 느꼈다. 행복사무소 직원들과 같이 있으면 최소한 죽지는 않을 것 같은 느낌이 드는 것이다.

그리고 시간이 지나기 시작했다.

김호철은 긴장을 풀기 위해 호흡을 길게 했다.

"후우!"

그런 김호철의 모습에 박천수가 말했다.

"긴장돼?"

"조금……."

"너무 긴장하지 마. 최소한 너한테는 데스 나이트가 있잖아."

박천수의 말에 김호철이 고개를 끄덕였다. 그 말대로 자신에게는 A급 언데스 최강의 몬스터 데스 나이트가 있는 것이다.

"그렇군요."

"하지만 너무 쉽게 꺼내지는 마. 데스 나이트 꺼내는 것만으로 마나가 확 줄어드는 것 같으니까."

"알겠습니다."

잠시 말이 없던 김호철이 박천수를 바라보았다.

"게이트는 언제 열리는 것입니까?"

"열리게 되면 알게 되겠지."

의미심장한 말과 함께 박천수는 게이트가 열릴 곳을 바라보았다. 그런 박천수를 잠시 보던 김호철이 그가 보는 곳으로 시선을 돌렸다.

그리고 잠시 후 김호철은 박천수가 한 알게 될 것이라는 말이 어떤 의미인지 알 수 있었다. 갑자기 온몸의 힘이 끓어오르기 시작한 것이다.

'헉!'

몸이 터질 것 같이 끓어오르는 힘에 김호철이 당황스러워할 때 순간 게이트가 열릴 것으로 예측된 장소에 마나들이 모여들기 시작했다.

화아악! 화아악!

허공에서 밝은 빛을 내며 생성된 마나의 덩어리들이 한곳에 모여들기 시작했다.

화아악! 화아악!

마나 덩어리들이 모이는 것과 함께 빛이 더욱 커지기 시작했다. 그리고 그럴수록 김호철의 몸에서는 더욱 강한 힘이 끓어오르기 시작했다.

'이게 게이트…….'

몸이 터질 것처럼 힘이 차오르는 것을 느끼며 김호철이 입을 열었다.

"데스 나이트."

파지직! 파지직!

김호철의 중얼거림과 함께 그 옆에 뇌전을 머금은 데스 나이트가 모습을 드러냈다.

힘이 빠지는 느낌도 잠시, 데스 나이트가 빠져나간 것보다 더 큰 마나의 기운이 김호철의 몸에 스며들어 오기 시작했다.

'이거 뭐야?'

몸이 터질 것처럼 느껴지는 마나의 힘에 김호철은 당혹스러웠다. 박천수는 이런 이야기를 한 적이 없었다.

'마나가 많다는 수준이 아니잖아!'

김호철은 이제 마나가 차오르는 수준을 넘어 몸이 터질 것 같은 압박을 느끼고 있었다.

그에 김호철이 도움을 요청하기 위해 고개를 돌렸다. 그런데 뭔가 이상했다. 김호철 옆에 서 있는 박천수는 그저 미소를 지으며 게이트가 열리는 곳을 보고 있었다.

그런데…… 느렸다.

게이트의 기운에 영향을 받아 휘날리는 나뭇잎들이 무척 천천히 떨어지고 있었다.

아니, 거의 멈춰 있는 것처럼 느껴질 정도로…… 아주 천천히 떨어지고 있었다.

'이게 대체 무슨 일이야?'

생각을 하는 와중에도 김호철의 몸은 터질 것 같았다.

주루룩!

그리고 김호철의 코에서는 피가 흘러내리기 시작했다.

"시…… 발."

몸이 터질 것 같은 고통에 신음을 흘리던 김호철이 눈을 감았다.

화아악!

그러자 김호철의 머릿속에 음성들이 들려왔다.

－나를…… 불러줘.

－깨워줘.

－나를…… 꺼내줘.

－날뛰고 싶다.

-크르릉!

머릿속에 뒤죽박죽이 되어 들려오는 음성들에 김호철이 입술을 깨물었다.

"으득! 다…… 나와!"

김호철의 외침과 함께 그의 몸에서 수십 가닥의 뇌전이 솟구치기 시작했다.

파지직! 파지직!

박천수는 빛과 함께 열리기 시작하는 게이트를 지그시 보고 있었다.

게이트가 열리는 짧은 시간……. 그 시간을 능력자들은 좋아한다. 그 짧은 순간 이때까지 느껴보지 못한 마나의 충만함을 느낀다. 그 충만함은 마약과 같은 쾌감을 주었다. 그 쾌감을 한 번 느낀 능력자들은 다시 게이트를 찾는다.

그리고 그 쾌감은 행복 사무소 직원들도 마찬가지였다. 무뚝뚝한 박천만조차도 조금은 몽롱한 시선으로 느끼고 있었다.

게이트가 열렸다. 마나가 모이던 곳의 공간이 찢겨져 나갔다. 마치 천이 찢겨져 나가는 것같이 공간은 찢어지고 있었다. 그리고 공간에서 튕겨져 나오는 것처럼 몬스터가 쏟아져 나오기 시작했다.

콰! 콰콰쾅!

몬스터가 쏟아져 나오는 것과 함께 그들이 밟은 지뢰가 연신 터져 나가기 시작했다.

폭음과 함께 정신을 차린 박천수가 소리쳤다.

"자! 모두 정신……."

몽롱한 쾌감에 빠져 있는 직원들에게 소리를 지르며 고개를 돌리던 박천수의 얼굴이 굳어졌다.

그 옆에…… 데스 나이트가 서 있었다. 그것도…… 하나가 아니었다.

데스 나이트 둘이 옆에 서 있었다. 게다가 그 주위에 작은 빌라 크기의 골렘 네 마리, 날개를 접고 있는 가고일 세 마리, 그리고 나가들이 있었다.

그뿐만이 아니었다. 그 외에도 B급 몬스터 스무 마리가 김호철 주위에 시립하듯 서 있었다.

'이…… 이게 뭐야?'

"백유 어른!"

게이트가 열리는 것을 보며 길드원을 통솔을 하던 백유는 옆에서 급하게 부르는 소리에 고개를 돌렸다.

그를 부른 것은 조한석이었다.

"조 선비 무슨 일인가?"

"저…… 저기!"

조한석이 손을 들어 어딘가를 가리키자 백유가 그 손가락을 따라 고개를 돌렸다. 그리고 그의 얼굴이 굳어졌다.

"저거 뭐야?"

조한석이 가리킨 곳을 본 백유의 얼굴이 굳어졌다. 멀어서 잘 보이지는 않지만 행복 사무소가 주둔해 있는 산 밑에 몬스터들이 있었다. 골렘으로 보이는 거대 몬스터 네 마리부터 가고일까지…….

"망원경!"

백유의 외침에 옆에 있던 조한석이 망원경을 내밀었다. 망원경을 받아 든 백유가 행복 사무소 쪽을 바라보았다.

그리고 그 입에서 신음성이 터져 나왔다.

"데스 나이트…… 둘."

"데스 나이트가 둘?"

"B급 몬스터도 다수다."

"구원을 해야."

"제길! 우리가 갈 때까지 버티지 못할 거다. 행복 사무소는…… 버린다."

그러고는 백유가 소리쳤다.

"준비!"

백유의 외침에 조선 길드원들이 각자의 무기를 들고 전방을 주시했다. 백유의 선택이 아니었더라도 행복 사무소를 도우러 갈 여력이 없었다. 그들에게 몬스터들이 달려오고 있었으니 말이다.

"공격!"

백유의 외침에 원거리 공격이 가능한 공격수들이 각자의 무기로 공격을 하기 시작했다.

꽈꽈꽈꽝!

연신 터져 나가는 지뢰의 폭음과 울림에도 박천수와 행복 직원들은 굳은 듯 움직이지 않았다.

스윽!

굳은 듯 서 있던 그때 박천수의 눈에 어느새 양팔을 검의 형태로 취한 박천만이 움직이는 것이 보였다.

섣불리 큰 소리를 냈다가 몬스터들이 움직일 것을 염려한 박천수가 작게 소리 냈다.

"바보, 움직이지 마."

박천수의 말에 박천만이 그를 바라보았다.

"김호철 몬스터다. 우릴 공격하지 않아."

박천만의 말에 박천수가 몬스터들을 바라보았다.

"그러고 보니 저 뇌전……."

몬스터들의 몸에서 모두 푸른 뇌전이 흘러나오고 있었다.

그에 박천수가 데스 나이트를 바라보았다. 데스 나이트 두 기는 서로 모양이 조금 달랐는데 그중 하나는 전에 김호철이 꺼냈던 것과 같은 생김새였다.

"이런, 썅!"

그제서야 몬스터들이 김호철의 것임을 안 박천수는 욕설을 토하며 고개를 숙였다.

놀라게 한 김호철을 발로 차려던 박천수는 자신을 보는 데스 나이트의 시선에 급히 발을 내렸다. 혹시라도 자기 주인 공격한다고 자신을 적대, 아니, 쳐 죽일 수도 있는 것이다.

마리아도 없는 곳에서 데스 나이트와 싸우는 것은 아주 위험한 일이다. 게다가 지금은 데스 나이트도 둘이고 다른 몬스터들도 있지 않은가.

"호철!"

박천수의 외침에도 김호철은 움직이지 않았다. 그에 박천수가 무릎을 굽혀 김호철을 보니 기절한 듯 눈을 감고 있었다.

'가지가지 하네.'

그에 박천수가 김호철의 몸을 흔들었다.

"호철! 정신 차려! 호철!"

박천수의 외침에도 정신을 차리지 못하는 김호철의 모습에 다가온 고윤희가 수통을 그의 머리에 들이부었다.

쫘아악!

"헉!"

차가운 물에 놀라 깨어나는 김호철을 보며 고윤희가 그 뺨을 툭툭 쳤다.

"어이! 정신 차려."

고윤희의 말에 김호철이 그녀를 멍하니 바라보았다.

"뭐가? 어떻게?"

"게이트 열렸어. 준비해!"

고윤희의 말에 김호철이 잠시 멍하니 있다가 급히 정신을 차리고는 앞을 바라보았다.

그들이 있는 곳으로 거대한 몬스터 두 마리가 달려오고 있었다.

쿵! 쿵!

묵직한 소리를 내며 달려오는 몬스터 두 마리…….

"오거!"

놀라 소리치는 김호철의 말에 박천수가 입술을 깨물었다.

"오거 놈들, 아무래도 우리가 맛있게 보이는 모양이군."

육상 계열 최강의 몬스터 게이트 삼대장 중 하나 오거, 그것도 두 마리가 달려오는 것에 김호철의 얼굴이 굳어졌다.

전에 TV에서 게이트 사건을 중계했을 때 오거 두 마리에 SG들이 고전하던 것을 보지 않았던가.

철컥!

기관총의 노리쇠를 당겨 장전을 하는 김호철의 모습에 박천수가 그 손을 잡았다.

"오거한테 총이 먹힐 것 같아? 데스 나이트한테 저놈들 막으라고 해!"

박천수의 말에 김호철이 그를 보다 깜짝 놀라 주위를 둘러보았다. 그제야 자신의 주위에 있는 몬스터들을 발견한 것이다. 수십 마리의 몬스터가 자신의 주위에 있는 것을 본 김호철은 당황스러웠다.

"이게 대……."

놀라 중얼거리는 김호철의 머리를 박천수가 잡아당겼다. 그러고는 그 머리를 달려오는 오거 쪽으로 향하게 비틀었다.

우두둑!

얼마나 강하게 비틀었는지 김호철의 목에서는 뼈가 부러지는 듯한 소리가 들려왔다.

"크으윽!"

신음을 흘리는 김호철을 보며 박천수가 그 귀에 자신의 입을 바짝 들이댔다.

"지금부터 생각은 하지 않는다. 지금부터 내 말에 따르기만 한다."

"저……."

"답은 필요 없어. 생각과 질문은 일 끝나고 한다. 지금 네가 해야 할 일은…… 데스 나이트와 골렘으로 오거를 죽이는 거다. 어서!"

귀에서 벼락처럼 들려오는 박천수의 외침에 김호철이 자기도 모르게 데스 나이트와 골렘들을 떠올렸다.

"공격해!"

김호철의 외침에 데스 나이트가 빠르게 땅을 박차며 달려오는 오거를 향해 달려들었다. 그리고 그 뒤를 골렘들이 묵직한 몸을 움직이기 시작했다.

쿵! 쿵!

골렘이 움직일 때마다 땅이 흔들리는 느낌을 받으며 김호철의 얼굴에 의아함이 어렸다.

'데스 나이트가 둘?'

김호철이 의아해할 때 박천수가 소리쳤다.

"박천만, 고윤희는 데스 나이트 뒤를 쫓아. 데스 나이트와 싸우는 오거 뒤를 노린다."

박천수의 말에 둘이 땅을 박차며 빠르게 데스 나이트의 뒤를 쫓았다.

"현철 형님은 두 사람 뒤에서 도와주세요."

"알았다."

우두둑! 우두둑!

근육을 부풀리며 둘의 뒤를 쫓아 달려가는 오현철을 보며 박천수가 김호철의 머리를 잡은 채 말했다.

"남은 놈들 보내서 몬스터들이 천만이와 윤희 곁으로 오지 못하게 해."

김호철이 자신의 머리를 잡고 있는 박천수의 손을 잡았다.

"손 좀……."

"생각하지 말고 어서!"

박천수의 말에 김호철이 고함을 질렀다.

"뭐가 있는지를 알아야 보내든 하죠! 손 떼요!"

자신이 꺼낸 몬스터이기는 해도 김호철도 뭐가 나와 있는지 다 보지를 못했다. 뭐가 있는 줄을 알아야 몬스터를 보내고 할 것이 아닌가.

김호철의 외침에 박천수가 그를 보다가 손을 떼어냈다. 그러고는 작게 투덜거렸다.

"지가 소환하고 지가 뭘 소환한지도 모르는 주제에 어디서 큰소리야."

그런 박천수의 투덜거림을 한 귀로 흘리며 김호철이 주위에 있는 몬스터들을 바라보았다.

'나가, 가고일, 웨어 라이온, 오크 전사, 트롤 주술사, 킹스콜피온.'

사무소 지하에서 봤던 몬스터들이다.

'좋아.'

몬스터들을 보며 그들을 머릿속에 담은 김호철이 소리쳤다.

"나가! 오크 전사! 트롤 주술사! 킹스콜피온! 저쪽으로 밀어 붙여!"

김호철이 가리킨 방향을 향해 몬스터들이 빠르게 내달려가기 시작했다.

그 모습을 보던 김호철이 가고일들 쪽으로 고개를 돌렸다.

"가고일, 너희는 가서 여기 있던 몬스터들을 보이는 대로 나한테 잡아와!"

김호철의 외침에 가고일 세 마리가 힘차게 날개를 퍼덕이며 하늘로 솟구쳤다. 그리고 몬스터들이 있는 곳으로 날아가기 시작했다.

몬스터들이 움직이기 시작하자 김호철이 기관총을 힐끗 보다가 그 옆에 있던 K2와 방망이를 집어 들었다.

"웨어 라이온, 너희는 나를 따라온다."

말과 함께 앞으로 뛰어나가는 김호철의 모습에 박천수가 급히 그를 잡았다.

"너는 위험하면 안 된다."

"제 생각에 따라 움직이는 몬스터가 아닙니다. 제 목소리가 닿아야 합니다."

박천수를 보며 소리친 김호철이 말을 이었다.

"웨어 라이온 셋과 박 팀장님이면 최소한 제 안전은 보장할 수 있지 않겠습니까?"

"대놓고 지켜 달라고 하는군."

박천수의 말에 김호철이 오거와 게이트에서 나온 몬스터들과 싸우는 자신의 소환물들을 바라보았다.

"제가 죽으면 제 몬스터들이 어떻게 될지 저도 모릅니다."

김호철의 말에 박천수가 한숨을 쉬고는 말했다.

"알았다. 가자."

"가시죠!"

말과 함께 김호철이 앞으로 뛰며 웨어 라이언들을 향해 소리쳤다.

"가자!"

"크아앙!"

김호철의 외침에 웨어 라이언들이 크게 울부짖으며 그 뒤를 따라 달리기 시작했다. 빠르게 오거들이 있는 곳을 달리던 김호철이 자신의 목소리가 들리기에 충분한 거리가 될 때까지 달렸다.

오거 둘을 상대로 데스 나이트는 치열하게 싸우고 있었다.

쾅! 쾅!

오거의 주먹질에도 데스 나이트는 밀리지 않고 마주 주먹질을 하고 있었다. 하지만 체구의 차이 때문인지 데스 나이트는 주먹이 부딪칠 때마다 뒤로 연신 밀려났다.

그 모습에 박천수가 속으로 혀를 찼다.

'역시 보통 데스 나이트에 비해 전투력은 높을지 몰라도 전투 센스가 떨어지는군.'

다행이라면 데스 나이트가 밀릴 때마다 골렘이 달려들어 오거의 발을 잡았다는 것이다. 힘은 몰라도 덩치에서는 그다지 밀리지 않는 골렘 덕에 오거는 더 이상 돌진을 하지 못했다.

그리고 고윤희와 박천만이 호시탐탐 주위를 돌며 공격을 하고 있었다. 오거의 공격을 막아낼 수는 없어도 그 둘의 공격은 충분히 오거에게 통하고 있었다.

박천수가 그것을 보고 있을 때 김호철이 자신이 아는 데스 나이트를 보며 정신을 집중했다.

"망치!"

망치를 드는 것을 상상하며 소리치자 김호철의 몸에서 힘이 쫘악 빠져 나갔다.

"아아아."

예의 그 상실감에 작게 신음을 토하는 김호철의 몸에서 뇌전이 뿜어지며 데스 나이트를 향했다.

파지직!

뇌전을 몸에 두르는 데스 나이트의 손에 망치가 형성이 되는 것을 보며 김호철이 입술을 깨물고는 고개를 돌렸다.

쾅!

오거의 발길질에 뒤로 크게 밀려나는 다른 데스 나이트를 본 김호철이 정신을 집중했다.

'네 무기는 뭐냐.'

데스 나이트를 보며 그가 들 무기를 생각하자 순간 김호철의 몸에서 뇌전이 뿜어져 나왔다. 그리고 그 뇌전은 데스 나이트의 손에서 커다란 창으로 모습을 바꾸었다.

창을 손에 든 데스 나이트가 오거를 향해 빠르게 달려들었다.

그리고 그와 함께 김호철은 무릎을 꿇었다.

"크으윽!"

게이트가 열렸을 때와 달리 지금 두 개의 무기를 한 번에 꺼내니 마나의 공복으로 인한 허탈감이 극심한 것이다.

"괜찮아?"

박천수의 물음에 입술을 깨문 김호철이 하늘을 바라보았다.

'가고일 이놈들 왜 안 잡아와.'

그런 생각을 하며 하늘을 보던 김호철의 얼굴이 굳어졌다. 하늘에서 가고일과 커다란 독수리 같은 몬스터가 싸우고 있었다.

그 모습에 김호철이 주위를 보다가 웨어 라이온을 향해 고개를 돌렸다.

"너! 너! 죽어 있는 몬스터 시체에서 마나석 뽑아와!"

김호철의 외침에 웨어 라이온이 몬스터들의 시신이 있는 곳으로 달려갔다.

그 모습에 박천수가 눈을 찡그렸다.

"호철 마나석은 싸움이 끝나고 난 후에……."

"챙기려고 가져오라는 것 아닙니다. 제가 먹으려고 하는 겁니다."

김호철의 말에 박천수의 얼굴에 의아함이 어렸다.

'먹어?'

의아한 듯 김호철을 보던 박천수를 향해 김호철이 총을 들어 올렸다.

"뒤!"

외침과 함께 김호철이 방아쇠를 당겼다.

타타타탕!

박천수의 옆을 향해 쏘아져 나간 총알이 달려오던 오크들에 박혀 들어갔다.

"크아아앙!"

총알에 맞은 오크들이 괴성을 지르며 더욱 빠르게 달려들었다.

"오크라고 무시하지 마! D급이라도 보통 총알에 쉽게 죽을 놈들이 아니야!"

외침과 함께 박천수가 빠르게 담배에 불을 붙이고는 스모크 랜드를 형성했다. 그러고는 달려오는 오크들을 향해 움직이며 담배 연기를 강하게 뿜어냈다.

"후우우! 후우우!"

그러자 박천수의 입에서 뿜어진 담배 연기들이 작은 화살들이 되어 오크들을 향해 쏘아져 나갔다.

퍼퍼퍼퍽!

담배 연기로 된 화살들이 오크들의 머리에 박히자 순간 연기로 변하며 그 안으로 파고들었다.

"커…… 커억!"

"우우우욱!"

연기가 머릿속에 파고든 오크들이 몸을 바들바들 떨다가 거품을 물며 쓰러졌다.

"웨어 라이온, 오크들이 다가오지 못하게 막아!"

"크아앙!"

수십 마리의 오크가 달려오는 것에 위기감을 느낀 김호철이 남은 웨어 라이온을 보냈다. 그러고는 총을 강하게 움켜쥐었다.

"뇌전."

파지직! 파지직!

뇌전이 솟구치는 것을 확인한 김호철이 오크들을 향해 총을 난사하기 시작했다.

타타타탕!

김호철의 총에 맞은 오크들이 하나둘씩 바들바들 떨더니 쓰러지기 시작했다.

달칵!

연사로 놓고 당기니 탄창의 탄이 순식간에 비워졌다. 그에 탄창을 재장전한 김호철이 다시 탄을 갈겼다.

오크 수십 마리가 달려왔지만 웨어 라이온은 B급에서도 상급의 전투 몬스터다. 같은 라이칸슬로프 중에서도 최강이라 불리는 존재인 것이다.

"크아아앙!"

웨어 라이온의 함성에 오크들도 마주 괴성을 지르며 달려들었지만, 웨어 라이온의 손톱에 찢겨져 나갔고 이빨에 목이 잘려 나갔다.

무인지경으로 날뛰고 있는 웨어 라이온에 오크들의 공격 방향이 그쪽을 향했고, 그 뒤를 박천수와 김호철의 공격이 따랐다.

흥분해 닥치는 대로 총을 쏘아 대는 김호철과 달리 박천수는 웨어 라이온을 보조하고 있었다. 웨어 라이온의 뒤를 노리거나 포위가 당할 것 같으면 그 주위에 있는 오크를 정리하는 것으로 말이다.

그렇게 수십 마리의 오크 떼는 박천수와 웨어 라이온의 본의 아닌 협력으로 하나둘씩 줄어들기 시작했다.

타타타탕!

연신 방아쇠를 당기고 재장전을 반복하던 김호철은 자신의 옆에서 들려오는 으르렁 소리에 고개를 돌렸다.

힐끗!

고개를 돌린 김호철은 언제 왔는지 온몸에 피를 묻히고 서 있는 웨어 라이온 두 마리를 볼 수 있었다. 웨어 라이온 두 마리는 양손에 자두 크기의 마나석을 한 움큼 들고 서 있었다.

"줘!"

웨어 라이온들이 마나석을 주자 그것을 가방에 넣은 김호철이 박천수 쪽을 가리켰다.

"오크들을 죽여!"

김호철의 외침에 웨어 라이온들이 오크들을 향해 달려갔다. 그것을 본 김호철이 가방에서 마나석을 하나 꺼냈다. 피가 줄줄 흐르고 있는 마나석을 보던 김호철이 입맛을 다셨다.

'막상 먹으려니…… 죽겠네.'

속으로 중얼거린 김호철이 마나석에 묻은 피와 점액질을 옷에 닦아내고는 그대로 입에 넣었다.

피를 닦았어도 혈향과 함께 구역질이 나는 노린내가 입안 가득 퍼졌다.

'데스 나이트 건 냄새는 안 나더만. 우욱!'

속으로 구역질을 삼키며 김호철이 손가락으로 입에 든 마나석을 꾹꾹 눌렀다.

데스 나이트의 마나석보다 작다고는 하지만 그래도 사람이 한입에 삼키기에는…….

"우욱!"

침과 눈물을 질질 흘리며 김호철은 억지로 마나석을 목구멍 안으로 집어넣었다.

그리고…….

쏘옥!

목구멍에 들어간 마나석이 억지로 들어가던 것과 다르게 그대로 목 안을 넘어갔다.

마나석이 배 안에 들어가는 것과 동시에 김호철은 몸에서 차오르는 마나의 힘을 느꼈다. 하지만 밥을 먹어도 배가 고픈 것처럼 마나의 허기는 채워지지 않았다.

'데스 나이트 무기는 대체 마나를 얼마나 잡아먹는 거야?'

그런 생각을 하며 데스 나이트 쪽을 보던 김호철이 가방에서 마나석을 하나 더 꺼냈다.

'이거 하나에 얼마짜리인데…….'

C급 마나석 하급이 천만 원이다. 상급이면 이천만 원도 넘는다. 즉 이걸 하나 먹으면 소형차 하나가 배 속으로 들어오는 것이다.

하지만 몸에 힘이 너무 없었다.

'제길!'

속으로 중얼거린 김호철이 마나석을 입에 넣었다.

"우욱! 우욱!"

계속 헛구역질을 하며 마나석을 손가락으로 꾹꾹 누르며 목안으로 넣은 김호철은 요령이라고 해야 하나, 그런 것이 생긴 김호철이 목울대를 억지로 움직였다.

"꿀꺽!"

순간 마나석이 부드럽게 목을 타고 넘어갔다.

화아악!

마나석을 먹는 순간 허탈한 기분이 조금은 채워졌다. 하지만 그것 역시 김호철의 배고픔을 채울 수가 없었다.

'C급 마나석으로는 내 배고픔을 채울 수가 없구나.'

이런 식이라면 가방에 있는 마나석을 몽땅 먹어도 이 배고픔을 채울 수 없을 것 같았다.

휙!

고개를 돌린 김호철의 눈에 오거가 보였다.

'오거를 잡는다.'

오거의 마나석이라면 지금 김호철의 이 배고픈 속을 채워 줄 수 있을 것이다.

그에 굳은 눈으로 오거를 보던 김호철이 총을 들었다.

"뇌전!"

파지직! 파지직!

김호철의 손에서 뿜어진 뇌전이 총을 감싸며 뿜어져 나왔다.

'아무리 뇌전이 감싸인 총알이라고 해도 오거의 가죽을 뚫지는 못할 거야. TV에서 보니 탱크 포탄도 튕겨내 버리던데.'

오거는 탱크 포탄도 튕겨낼 정도로 강한 가죽과 골격을 가지고 있다. 오거를 죽이려면 최소한 도시 하나 박살을 낼 화력의 병기를 사용할 수밖에 없다. 오거가 괜히 육상 최강 몬스터라 불리는 것이 아닌 것이다.

하지만 오거에게도 약점은 있을 것이다.

'어딜까?'

오거를 겨눈 채 천천히 총구를 올리며 그 몸을 살피는 김호철의 옆에 박천수가 다가왔다.

"뭐 해?"

“오거를 죽여야겠습니다.”

“그야 당연한 일이지만 그깟 총으로는 상대도 안 되니 괜한 짓 하지 말고 몬스터들이나 잘 조종해.”

말과 함께 박천수가 골렘들을 가리켰다.

“데스 나이트를 분산하지 말고 오거 하나에 몰아.”

“그럼 한쪽 오거는?”

“그쪽으로 골렘을 몰아서 발목을 잡고 있으면 된다. 아무리 오거라고 해도 골렘 넷이라면 쉽게 뚫지 못해. 힘이라면 골렘도 오거에 뒤지지 않아.”

박천수의 말에 김호철이 그를 보다가 웨어 라이온 하나를 손짓해 불렀다.

“너 이리 와.”

김호철의 부름에 웨어 라이온이 그의 곁으로 다가왔다. 웨어 라이온이 다가오자 김호철이 말했다.

“엎드려.”

웨어 라이온이 엎드리자 김호철이 그 등에 올라탔다. 웨어 라이온의 등에 올라탄 김호철이 그 갈기를 손으로 움켜쥐었다.

주루룩!

갈기를 잡은 손에서는 피와 살점들이 흘러내렸다. 오크들을 학살하고 온 웨어 라이온이다 보니 그 털에 온통 피와 살점들이 묻어 있는 것이다.

손에서 느껴지는 그 기분 나쁜 감촉에 입술을 깨문 김호철이 다른 웨어 라이온들을 바라보았다.

“너희 둘은 나를 지켜!”

웨어 라이온이 낮은 울음을 토하며 옆에 서는 것을 보며 김호철이 소리쳤다.

“가자!”

“크아앙!”

김호철의 외침과 함께 그를 태운 웨어 라이온이 달리기 시작했다. 웨어 라이온이 달리자 김호철은 바로 창을 든 데스 나이트가 있는 곳으로 향했다.

10장
능력자의 삶

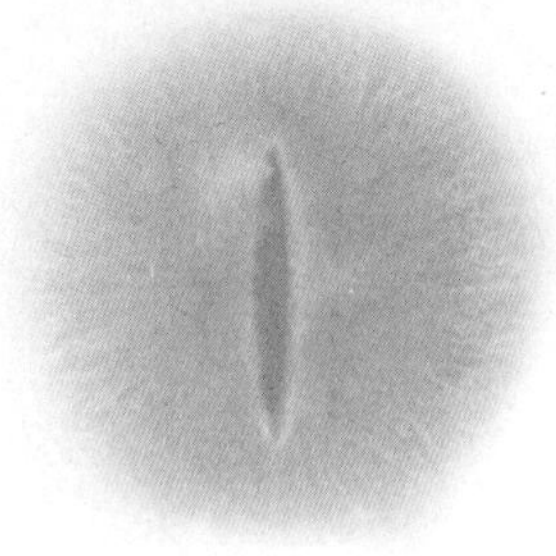

쾅!

오거의 주먹을 창으로 막은 데스 나이트가 훌쩍 몸을 띄웠다. 그러고는 데스 나이트가 창을 오거의 팔에 박은 채 달리기 시작했다.

"크아아앙!"

팔 가죽이 찢겨지며 긴 자상이 생기자 오거가 팔을 크게 휘둘렀다.

부웅!

그런 오거의 팔에 달라붙은 데스 나이트가 창을 더욱 강하게 찔러 넣었다.

데스 나이트를 떨구기 위해 팔을 휘두르는 오거의 양옆에 골렘이 다가갔다.

쿵! 쿵!

그 덩치만큼이나 묵직한 소리를 내며 다가간 골렘이 오거의 몸을 잡으려 했다. 오거가 빠르게 몸을 비틀며 그 손을 피하고는 발로 골렘을 걷어찼다.

쿵!

묵직한 소리와 함께 골렘의 가슴의 흙들이 부서지며 떨어져 나갔다.

힘이나 덩치나 오거와 비교할 수 있는 거대 몬스터 골렘이지만, 오거를 상대할 수 없는 가장 큰 이유는 바로 속도였다. 덩치와 다르게 빠르게 움직이는 오거에 비해 골렘의 속도는 아주 느린 것이다.

데스 나이트와 골렘이 싸우는 동안 고윤희는 오거의 등 뒤에 검을 박아놓고 그 위에 서 있었다.

"크으윽! 롤러코스터가 따로 없네."

작게 중얼거린 고윤희가 오거의 등에 난 털을 바라보았다. 오거의 등에 난 털은 털이라고 하기에는 너무 두껍고 길었다. 게다가 지독한 노린내까지…….

고윤희는 지금 그 털을 한 움큼씩 잡은 채 중심을 잡고 있었다.

"후우!"

털을 잡고 길게 숨을 내쉰 고윤희가 자신의 손바닥을 그 등에 댔다.

주루룩!

손바닥을 타고 오거의 땀이 흘러내렸다. 손바닥이 순식간에 오거의 땀으로 범벅이 되었지만 고윤희는 신경 쓰지 않았다. 이것보다 더 기분 나쁜 감촉도 느껴본 적이 있었다.

'제발 이곳에 심장이 있어라.'

속으로 중얼거린 고윤희가 인간이라면 심장이 있어야 할 위치를 가늠하며 정신을 집중했다.

"후우!"

다시 한 번 숨을 크게 내쉬면 고윤희가 내력을 일으켰다.

화아악!

"태극충뢰장(太極衝雷掌)."

고윤희의 손바닥에서 뿜어진 태극충뢰장이 오거의 몸속으로 파고들었다. 순간 오거의 몸이 굳어졌다.

주루룩!

몸이 굳은 오거의 입에서 피가 흘러내렸다. 등 뒤에 위치해 있어 그것을 보지는 못한 고윤희지만 그녀는 자신의 공격이 통했음을 알았다.

'하지만 아직 죽지는 않았다.'

자신의 장력에 일시적으로 심장이 멈췄을 뿐이다. 곧 있으면 다시 움직일 것이다.

그에 고윤희가 털을 양손으로 잡고는 발을 움직여 등에 박힌 검을 뽑아내며 힘껏 허리를 튕겼다.

파앗!

허공으로 검이 솟구치는 것과 함께 고윤희가 오거의 등을 박차며 솟구쳤다.

휘익!

허공으로 솟은 고윤희가 허공에 뜬 자신의 검을 잡고는 오거의 머리 위에 떨어졌다.

탓!

오거의 머리 위에 앉은 고윤희가 검을 양손으로 잡았다.

"너도 백회혈은 있겠지?"

작게 미소를 지은 고윤희가 그대로 검을 내려찍었다.

푸욱!

웨어 라이온을 타고 창을 든 데스 나이트가 있는 곳으로 향하던 김호철의 눈에 오거가 뒤로 자빠지는 것이 들어왔다.

"역시 고윤희!"

옆에서 달리던 박천수가 그것을 보며 함성을 지르는 것에 김호철은 고윤희가 오거를 쓰러뜨렸다는 것을 알 수 있었다.

그에 김호철이 고함을 질렀다.

"창 든 데스 나이트! 이리 와!"

김호철의 외침에 오거가 쓰러질 때 팔에 깔려 있던 데스 나이트가 몸을 바동거리며 빠져나오더니 달려왔다.

"저 오거를 죽여!"

김호철의 외침에 달려오던 데스 나이트가 그가 가리킨 남은 오거를 향해 뛰어갔다.

그것을 확인한 김호철이 남은 골렘 둘을 향해 웨어 라이온을 몰았다.

골렘 둘과 가까워지자 김호철이 소리쳤다.

"돌아와!"

김호철의 외침에 골렘 둘이 뇌전이 되어 그의 몸으로 날아들었다.

파지직! 파지직!

뇌전이 자신의 몸에 들어오는 것과 함께 김호철은 안도의 한숨을 쉬었다.

골렘 두 기가 몸에 흡수되는 것과 함께 그 지독하게 느껴졌던 허탈감이 사라진 것이다.

'역시 B급 몬스터……. 이제야 좀 살겠네.'

골렘 두 기를 흡수하고 나서야 허기가 좀 달래진 김호철이 미소를 지을 때 박천수가 그를 향해 소리쳤다.

"골렘을 왜 회수한 거야? 아직 싸움은 끝나지 않았어!"

골렘이 느리기는 하지만 덩치가 크고 힘이 세다. 오크와 같은 것들을 상대할 때에는 웨어 라이온보다 골렘이 효율이 좋은 것이다.

박천수의 말에 김호철이 말했다.

"제가 죽을 것 같은데 주위 신경 쓰겠습니까?"

"그게 무슨?"

"골렘 둘 흡수하지 않았으면 제가 배고파 쓰러졌을 겁니다."

김호철의 말에 고윤희가 소리쳤다.

"다툴 시간 있으면 이리 와서 마나석이나 같이 챙겨!"

고윤희의 외침에 박천수가 그쪽을 보고는 쓰러진 오거의 몸 위로 뛰어 올라갔다. 그 모습에 김호철도 웨어 라이온들에게 주위에 접근하는 몬스터를 상대하라 하고는 오거의 몸 위로 올라갔다.

오거의 몸 위로 올라가자 김호철은 지독한 노린내에 눈을 찡그렸다. 눈을 찡그린 채 김호철은 고윤희에게 다가갔다.

고윤희는 검으로 오거의 배를 뒤집고 있었다. 그리고 박천수는 검은 담배 연기로 오거의 찢겨진 배를 좌우로 벌리고 있었다.

"아직 싸움이 끝나지 않았는데 이러고 있을 때입니까?"

김호철의 말에 박천수가 담배 연기 한 가닥을 더 뽑아내며 말했다.

"다른 놈들이면 몰라도 오거 마나석은 시가로 이십억이다. 돈에 환장한 프리 헌터가 바글바글한 곳에서 오거 마나석은 바로 챙겨놔야 돼. 싸우느라 정신 팔려 있다가는 누가 와서 채가도 어디 가서 하소연할 곳도 없다."

박천수의 말에 김호철이 그를 보다가 고개를 끄덕였다. 그렇다면야…….

'챙겨야지.'

애써 힘들게 잡았는데 남들이 채가게 둘 수는 없으니 말이다.

'이십억이라…… 그런데 고윤희 비위 참 좋네.'

커다란 오거의 배 속에는 그 커다란 크기만큼이나 어마어마한 것들이 들어 있었다. 부글부글 거품을 내고 있는 피에 내장들까지.

그런데 고윤희는 오거의 배 속에 몸을 틀어박은 채 다리만 밖으로 나와 버둥거리고 있었다.

그리고 잠시 후 고윤희의 다리가 일자로 쫙 찢어졌다. 그러고는 마치 와인 병마개가 뽑혀 나오는 것처럼 고윤희가 오거 배 속에서 빠져나왔다.

"휴!"

청순한 외모의 고윤희의 긴 머리카락은 오거의 피로 범벅이 되어 있었다. 오거의 피로 목욕을 하고 나온 고윤희가 얼굴에 묻은 피를 닦아내고는 김호철을 향해 마나석을 던졌다.

탓!

이십억 짜리 마나석이 날아오자 김호철이 급히 그것을 받았다.

"잃어버리면 뒈진다."

입에 들어온 오거 피를 뱉으며 고윤희가 날카롭게 쳐다보자 김호철이 고개를 끄덕였다.

"알겠습니다."

김호철이 마나석을 가방에 넣는 것을 보던 고윤희가 고개를 돌렸다.

"저쪽도 이제 잡았네. 가죠!"

고윤희가 훌쩍 오거 시체에서 뛰어내리자 김호철이 박천만이 잡던 오거 쪽을 바라보았다.

고윤희의 말대로 박천만이 상대하던 오거는 목이 잘린 채 쓰러져 있었다.

그리고 잘린 목 안에서 박천만이 은색으로 번뜩이는 몸을 일으키고 있었다.

'검이다.'

박천만을 본 김호철은 검을 떠올렸다. 말 그대로 박천만은 온몸이 한 자루의 거대한 검의 형상을 하고 있었던 것이다.

'이미지를…… 저렇게도 할 수 있구나.'

사람의 몸이 검이 되는 것……. 대단하다는 생각을 할 수밖에 없었다. 쓰러진 오거의 몸 위에 서 있는 박천만의 모습은 멋져 보였다.

잠시 박천만을 보던 김호철이 주위를 둘러보았다. 오거의 몸 위에 올라 보니 전장의 모습이 잘 보였다.

게이트에서 나온 몬스터는 셀 수 없이 많았지만 대부분은 오크와 같은 D급. 수가 많을 뿐 능력자들이 상대하지 못할 이유가 없다. 게다가 여기 북한에 온 자들은 모두 B급 몬스터를 상대할 수 있는 강자가 아닌가.

게다가 게이트에서 나온 몬스터 중 최강이라 할 수 있는 오거는 행복 사무소에서 맡았고 상대하기 불편한 비행형 몬스터는 김호철의 가고일이 상대하고 있다.

그 덕에 다른 길드들은 생각보다 쉽게 몬스터들을 상대하고 있었다.

그리고 김호철이 불러낸 몬스터들은 행복 사무소 직원들에게 다가오는 게이트 몬스터들을 철저하게 막아내고 쓰러뜨리고 있었다.

김호철이 그런 생각을 하고 있을 때 박천수의 외침이 들려왔다.

"웨어 라이온 빼고 나머지 몬스터들은 불러들여!"

박천수의 외침에 김호철이 그를 바라보았다.

"아직 싸움이 끝나지 않았는데……."

아까 자신이 했던 말을 그대로 하는 김호철을 보며 박천수가 고개를 저었다.

"오거가 죽었으니 싸움은 끝난 것이나 다름없어. 웨어 라이온과 우리들이면 된다. 불러들여. 괜히 헌터들이 사냥감인 줄 알고 공격을 할 수도 있다."

박천수의 말에 김호철이 고개를 끄덕이고는 정신을 집중했다. 몬스터들을 하나둘씩 머릿속에 이미지화한 김호철이 입을 열었다.

"돌아와."

김호철의 부름에 사방에 흩어져 있던 몬스터들이 뇌전이 되어 그의 몸으로 돌아왔다.

파지직! 파지직!

수십 마리의 B급 몬스터와 데스 나이트 두 마리가 돌아오자 김호철은 온몸이 터질 것 같은 마나의 충만감을 느꼈다.

'휴! 좋구나.'

몸에서 느껴지는 마나의 충만감에 만족스러운 미소를 지은 김호철이 박천수를 바라보았다.

"이제 뭘 하면 됩니까?"

김호철의 말에 박천수가 유리 케이스에서 하얀 담배를 하나 꺼내 입에 물었다.

"후우우!"

불도 붙이지 않고 담배를 피우는 시늉을 하며 길게 숨을 내쉰 박천수가 주위를 보다 말했다.

"우리 쪽은 대부분 정리가 됐고 남은 놈들은 마나석이 나올지 말지도 모르는 놈들이니 그냥 놔두면 알아서 흩어질 거다. 여기에 있다가 다른 길드 쪽이 위험해 보이면 그때 움직이면 돼."

박천수의 말에 김호철이 아직도 몬스터들과 싸우고 있는 다른 길드들을 바라보았다.

그쪽 길드 역시 순조롭게 몬스터들을 제거하고 있었다. 김호철이 그것을 보고 있을 때 오거에게서 마나석을 챙겨온 고윤희가 다가왔다.

뚝! 뚝! 뚝!

머리에서 오거의 피와 살점을 떨어뜨리며 온 고윤희가 김호철에게 마나석을 던졌다.

"처녀 사냥 축하해. 이건 축하 선물."

탓!

고윤희가 던진 마나석을 받은 김호철이 손에 들린 오거의 마나석을 바라보았다.

보통 A급 마나석에 비해 두 배는 더 큰 사람 머리만 한 마나석은 투박한 우윳빛을 흘리고 있었다.

'이건…… 아무래도 못 먹겠는데.'

대부분의 몬스터가 퇴치되고 남은 놈들은 포위망을 뚫고 사방으로 도주했다. 길드와 행복 사무소 직원들은 그런 몬스터의 뒤를 쫓지 않았다.

도주를 한 놈들은 C나 D급들. 서울이나 남한 도심에서 나타났다면 위협이 될 수도 있다. 시가지가 부서질 염려가 있으니 화력이 큰 무기를 사용할 수 없으니 말이다.

하지만 이곳은 북한……. 황량한 곳이다.

주위를 포위한 북한군의 화력이라면 충분히 상대할 수 있을 것이다. 그래서 남은 길드와 행복 사무소 직원들은 자신들이 처리한 구역 내 몬스터들의 마나석을 회수하고 있었다.

"야! 거기 우리 구역이야! 이리 들어오지 마!"

"이 자식! 죽을래! 이건 우리가 잡은 거야!"

"저기 담배 경계선 안 보여! 내가 똑똑히 보고 그려놓은 거니까 들어오지 마!"

몬스터 시체를 웨어 라이온에게 뒤지게 하던 김호철은 주위에서 요란하게 들려오는 박천수와 고윤희의 목소리에 고개를 돌렸다.

박천수와 고윤희는 김호철의 몬스터가 죽인 몬스터들의

시체에 다른 길드 사람들이 들어오지 못하게 소리를 지르고 있었다.

"어쭈! 이영복이 너 많이 컸다. 내 앞에서 대가리를 빤빤하게 들고 서 있네. 아래 막대기가 빤빤해서 윗대가리도 빤빤한 거면 내가 아래쪽 부러뜨려 줄까?"

"우리 거야! 우리 거라고!"

"아니…… 저희 이야기 좀……."

"안 들어! 우리 구역이야. 우리 거라고!"

소리를 고래고래 지르며 말이 통하지 않는 박천수와 예쁜 얼굴로 막대기를 들먹이며 협박을 해대는 고윤희 둘의 행동에 다가왔던 길드의 사람들이 한숨을 쉬며 몸을 돌렸다.

주인 없는 몬스터라는 생각이 들기는 하지만 말이 통해야 어떻게 하든 하지. 이렇게 자기가 하고 싶은 말만 쏟아내는 상대와 무슨 말을 하겠는가. 그렇다고 마나석 좀 얻자고 싸우기에는 행복 사무소는 껄끄러운 상대다.

물러나는 헌터들의 모습에 박천수가 목을 쓰다듬으며 고윤희를 바라보았다.

"후!"

"큭!"

작게 웃으며 서로에게 잘했다는 듯 엄지를 치켜드는 두 사람을 보며 김호철이 고개를 저었다.

'똥이다, 똥.'

똥은 무서워서 피하는 것이 아니라 더러워서 피하는 것이니 말이다.

작게 고개를 저은 김호철은 웨어 라이온을 시켜 마나석을 빠르게 채취했다. 어찌 되었든 마나석을 빨리 챙기기는 해야 똥에 꼬이는 파리들을 피할 수 있을 것이니 말이다.

몬스터들에게서 마나석을 채취한 행복 사무소 직원들이 그것들을 하나로 모았다.

"흠…… 보자."

마나석들을 가운데 놓고 그것을 등급대로 분류한 박천수가 작게 혀를 찼다.

"호철이 몬스터들이 게이트 몬스터를 많이 잡기는 했는데 마나석은 많이 없네."

"이 정도면 대박 아닙니까?"

김호철이 바닥에 놓인 마나석들을 바라보았다.

A급 2개.

B급 5개.

C급 17개.

D급 35개.

이것만 해도 계산이 되지 않을 정도의 거액인 것이다. 아쉬운 점이 있다면 이 B급 중에 김호철이 소환한 몬스터의 것은 없다는 것이었다.

'다음 기회에는 먹을 수 있겠지.'

"돈 되는 B급을 많이 잡았어야 했는데……."

아쉽다는 듯 입맛을 다시며 마나석을 보는 박천수를 보며 고윤희가 말했다.

"오거가 이리 왔으니 위협을 느끼는 B급 놈들이 다른 곳으로 많이 가서 그렇죠. 그래도 오거 마나석 두 개면 충분하죠. 아! 호철이 몫으로 하나 빼야 하니 하나네요."

웃으며 김호철을 본 고윤희가 발로 오거 마나석을 찼다.

툭!

날아오는 마나석을 김호철이 잡자 고윤희가 말했다.

"그건 네 특별 수당 같은 거니까. 가방에 넣어둬."

김호철이 오거의 마나석을 가방에 넣자 박천수가 김호철을 향해 말했다.

"오거 마나석은 네가 오늘 첫 사냥을 축하하는 의미지 네가 오늘 큰 역할을 해서 주는 것이 아니다."

무슨 말이냐는 듯 바라보는 김호철을 보며 박천수가 말을 이었다.

"우리 행복 사무소는 일을 나가게 되면 얻는 마나석을 똑같이 분배한다. 오늘 사냥에 호철이 네 몬스터들이 큰 역할을 했으니 더 갖고 싶은 마음도 있겠지만 분배는 똑같이 6 대 1이다."

"6 대 1? 저희는 다섯 명인데?"

"사무소가 일이다. 혹시라도 이것이 싫다면 이번 일만 하고 떠나도 된다."

박천수의 말에 오현철과 고윤희가 김호철을 바라보았다. 사실 그동안 행복 사무소 직원들 중 사무소를 탈퇴한 이들이 가졌던 가장 큰 불만이 바로 이것이었다. 자신이 아무리 많은 몬스터를 잡아도 사냥에 나간 사람들과 N분의 일을 하는 것이다. 그렇다 보니 능력이 강해진 이들은 사무소를 탈퇴하는 것이다.

그래서 아예 박천수는 지금 그에 대한 이야기를 한 것이다. 김호철의 몬스터들은 강했다. 이번 사냥도 김호철의 데스 나이트와 골렘이 없었다면 오거 사냥은 꿈도 꾸지 못했을 것이다.

사무소 직원들끼리 오거 한 마리는 어떻게 잡을 수 있을지 몰라도 오거 두 마리는 무리다. 마리아라도 있다면 모르지만 말이다.

박천수의 답을 원하는 시선에 김호철이 고개를 저었다.

"저 혼자였다면 싸우지도 못하고 죽었을 것입니다. 한 팀이라서 이런 성과를 낸 것이라 생각합니다. 6 대 1이면 저는 만족합니다."

김호철의 말에 박천수가 웃으며 그의 어깨를 손바닥으로 쳤다.

"하하하! 그래, 우리는 한 팀이다."

웃으며 자신의 등을 두들기는 박천수를 보며 김호철이 입을 열었다.

"그런데 마나석 분배는 어떻게 하는 겁니까?"

"사무소에 가져다주면 마리아가 알아서 팔고 그 수익을 분배해서 각자 통장에 꽂아줄 거다."

말과 함께 박천수가 마나석을 잠시 보다가 말했다.

"A급 하나는 호철이 몫으로 따로 떼고 나머지 가격만 대충 잡으면 34억 정도 되려나? 그걸 육으로 나누면 5억 조금 넘겠군. 거기에 북한 출장비 1억씩이니 6억 정도 되려나?"

"6억!"

박천수의 말에 김호철의 얼굴에 놀람이 어렸다. 헌터가 돈을 많이 번다는 것은 알고 있었지만 한 번 일 나온 것으로 6억이라니…….

'잠깐! 오거 마나석 하나는 따로 내 몫이니 그것까지 합치면 26억!'

26억……. 김호철 자신이 벌 것이라 생각한 적 없는 거금을 지금 번 것이다.

너무나 엄청난 금액에 김호철이 멍하니 있을 때 박천수가 가방을 열어 마나석을 집어넣었다.

그런 박천수를 보던 김호철이 문득 물었다.

“제 돈으로 원하는 마나석을 살 수도 있습니까?”

“돈으로 안 되는 일이 있나.”

“그럼 특정 몬스터 데스 나이트나 웨어 라이온과 같은 마나석도 살 수 있습니까?”

“돈이 문제지 안 될 것은 없지. 필요한 마나석 있으면 마리아한테 말을 하면 그녀가 알아서 구매해 줄 거야.”

그러는 사이 군 트럭이 수십 대가 빠르게 다가오기 시작했다.

“박 팀장님, 마나석 모두 챙겼으면 모이시랍니다.”

조한석이 다가와 하는 말에 행복 사무소 사람들이 그를 따라 길드들이 모여 있는 곳으로 향했다.

한곳에 모여 있는 능력자들은 둥글게 모여 앉은 채 휴식을 취하고 있었다. 그런데 조금 이상한 것은 모여 있는 사람들이 모두 밖을 향한 채 있다는 것이었다.

그리고 그들이 앉아 있는 곳 안에는 총이나 활과 같은 것을 든 능력자들이 주위를 경계하고 있었다.

그런 사람들 안으로 들어간 박천수가 백유를 바라보았다.

“안전하다고 하더니 북한 놈들이 사고를 몇 번 쳤나 보군요."

박천수의 말에 백유가 피식 웃으며 고개를 끄덕였다.

"미친놈들이 가끔씩 뇌물을 요구해. 자기들 덕에 돈을 벌었으니 좀 내놔라 이거지."

"그래서요?"

"줄 턱이 없지. 미친놈한테 줄 목숨값은 없으니까."

백유의 말에 박천수가 유리 케이스를 꺼내 검은 담배 두 대와 하얀 담배 하나를 꺼내 들었다.

화아악!

박천수의 입에서 뽀얀 담배 연기가 흘러나왔다.

"미친개한테는 매가 약이죠."

담배 연기를 뿜어내는 박천수를 보며 백유가 고개를 저었다.

"경계하는 것뿐이니 너무 긴장할 필요 없어. 저놈들도 우리한테 몇 번 데인 적이 있거든. 지금 경계를 하는 것은 '헛수작 부리면 너희 다 죽어' 하는 무력시위라 생각하면 돼."

다다닷!

백유의 말이 끝나기가 무섭게 군 트럭에서 수십 명의 병사가 뛰어내리더니 능력자들을 둘러쌌다.

"저놈들도 무력시위라는 것을 할 모양이군요."

"해봤자지."

말과 함께 백유가 북한 군인들이 있는 곳으로 걸어갔다. 백유가 걸어오자 북한 군인 중 계급이 높아 보이는 자가 마주 걸어와 섰다.

"몇 도망을 쳤는데 잘 막았는지 모르겠소?"

"잘 막았소."

"잘되었군. 우리가 타고 갈 헬기는?"

"지금 오고 있으니 곧 도착할 테지."

그러고는 군인이 능력자들을 보다가 말했다.

"어디 가지 말고 이 자리에서 벗어나지 마시오."

"그럴 셈이오."

백유의 말에 고개를 끄덕인 군인이 능력자들을 보며 입을 열었다.

"우리 조선인민공화국에서는 능력자를 인민 영웅으로 최상의 대접을 하고 있다. 삼시 세끼 고기를 먹을 수 있음은 물론이고 원하는 여자가 있다면 결혼도 주선을 한다."

능력자들을 회유하려는 듯 이런저런 조건을 내놓는 군인의 말에 김호철은 피식 웃을 수밖에 없었다.

'삼시 세끼 고기반찬에 원하는 여자와 혼인? 무슨 조건이 저래?'

김호철이 비웃음을 흘릴 때 옆에 있던 박천수가 그 어깨를 툭 치고는 북한 군인들을 가리켰다. 그 손짓에 김호철이 북한 군인들을 보니 그들의 눈에는 부러워하는 빛이 가득했다. 부러움과 갈망의 빛의 눈으로 자신들을 보는 북한 군인들을 보니…….

'삼시 세끼 고기반찬이 부러운 거야 아니면 결혼이 부러운 거야?'

북한의 상황을 알 수 있는 조건이었다. 어쨌든 북한 군인은 북한에 오면 살기 좋다, 사람들의 존경을 받으며 살 수 있다 등등의 조건을 내세우며 능력자들에게 귀순을 권했다.

하지만…….

고기반찬 세끼와 결혼에 넘어갈 능력자는 이 자리에 하나도 없었다.

잠시 기다리자 능력자들이 타고 온 헬기들이 도착했다.

두두두두!

타고 온 헬기에 타는 능력자들을 보던 김호철도 행복 사무소 직원들과 헬기에 올랐다.

위기의 순간도 있었다. 게이트가 열렸을 때 마나가 극도로 폭주하며 터져 죽을 것 같은 고통 말이다.

하지만…… 어쨌든 김호철의 첫 번째 게이트 헌팅이 끝이 난 것이다.

두두두두! 두두두!

북한으로 갈 때와 달리 남한으로 향하는 헬기 안에는 행복 사무소 직원들만이 탑승을 하고 있었다.

창밖으로 멀어지는 북한의 경치를 보던 김호철이 박천수를 바라보았다.

"그런데 사람들이 왜 저한테 말을 걸지 않았을까요?"

김호철의 말에 박천수가 기체에 기대고 있던 머리를 살짝 들어 그를 바라보았다.

"왜 사람들하고 인사라도 하고 싶었어?"

"그건 아니지만…… 저희 쪽에서 몬스터들이 나오고 게이트 몬스터들과 싸우던 것을 봤을 텐데……."

"그런데?"

"전에 데스 나이트를 부리는 몬스터 소환술사는 저밖에 없을 것이라 했잖습니까?"

그제야 그가 무슨 말을 하고 있는지 안 박천수가 고개를 끄덕였다.

"데스 나이트를 부리는 너에게 사람들이 말을 걸지 않고 묻지 않아서 이상한 모양이군."

"네, 보통 이런 상황이면 이것저것 물어볼 것 같은데."

김호철의 의문은 당연했다. A급 몬스터를 부리는 몬스터 소환술사는 이때까지 알려진 바가 없다. 게다가 행복 사무소 진영에서 몬스터들이 쏟아져 나왔으니 사람들이 궁금해할 것이라 생각을 했다.

하지만 아무도 자신에게 말을 걸지 않았다. 그 자리에서는 그런 생각을 하지 못했는데 헬기에 앉아 멍하니 잡생각을 하다 보니 이런 의문이 생긴 것이다.

그런 김호철의 의문에 박천수가 귀찮다는 듯 다시 기체에 머리를 대고는 입을 열었다.

"궁금하기는 다 궁금하겠지. 우리 진영에서 몬스터들이 그것도 B급 수십 마리가 쏟아져 나왔으니까."

"그런데 아무도 그에 대해서 묻지 않던데?"

"일종의 불문율인데 능력자끼리는 서로의 능력에 대해 묻지 않아. '당신의 능력이 무엇입니까'라는 것은 '당신의 약점이 뭡니까'라는 것과 같으니까."

그러고는 박천수가 김호철을 보며 말을 이었다.

"너도 알다시피 내 능력은 담배 연기를 조종하는 거다. 내 적이 내 능력을 알게 된다면 그만큼 나에게는 위협이 되는 것이지. 그래서 능력자들끼리는 상대가 먼저 말을 하기 전에는 능력에 대해 묻는 것은 무례한 것이다."

"그래서 사람들이 묻지 않은 것이군요."

"그렇지."

"그럼 사람들이 능력을 사용하는 것을 구경하는 것도 문제가 됩니까?"

능력자들이 능력을 사용하는 것을 구경하는 것은 재미있다. 마치 SF영화를 보는 것같이 화려하고 임팩트가 있으니 말이다.

"다른 사람이 능력 펼치는 것 구경하는 것은 상관없어. 보여주기 싫었으면 사람 없는 곳에서 해야지. 사람 있는 곳에서 하면서 보지 말라는 것은 말이 안 되니까."

말을 한 박천수가 슬쩍 몸을 일으켜서는 김호철에게 살짝 다가갔다.

"하지만…… 봤다고 죽이는 나쁜 놈들도 있으니 그런 것은 조심해야 해."

"능력을 봤다고 죽여요?"

김호철의 물음에 박천수가 고개를 끄덕였다.

"아까도 이야기했지. 자신의 능력을 적이 알면 그만큼 약점이 알려지는 거라고. 해서 길드에 들어가지 않은 프리 헌터 중에는 자신의 능력을 남이 아는 것을 극도로 꺼리는 놈들이 있어. 그런 미친놈들은 조심해야 해."

"알겠습니다."

김호철의 답에 박천수가 고개를 끄덕이고는 머리를 기체

에 대고 말했다.

“게이트에서 만나는 헌터 중에는 그런 놈들이 없겠지만 이상한 곳에서 만나는 놈들 중에는 미친놈 많으니까. 조심하는 것이 좋아. 그리고…….”

잠시 말을 멈춘 박천수가 김호철을 보며 말했다.

“오늘부터 네 뒤를 따르는 사람들이 좀 있을 거야.”

“제 뒤를요?”

“다른 길드 놈들이 보기에 뭐가 어찌 된지 몰라도 오늘 우리는 몬스터들과 함께 싸웠어. 그 말은 우리 쪽에 몬스터를 부리는 능력을 가진 사람이 있다는 거지. 근데 너 말고 우리들 능력은 많이들 알려져 있으니 몬스터를 부리는 능력자를 너로 알고 있을 거다.”

“그렇겠죠.”

“그리고 그 힘도 봤지. 그러니 너에 대해 알아보려는 사람들이 있을 거다.”

“위험해지는 겁니까?”

“위험은 무슨……. 그냥 능력자들 속에서 아이돌이 됐다고 생각하면 될 거야.”

“능력자 아이돌?”

“말이 그렇다는 거다.”

말과 함께 박천수가 팔짱을 끼며 눈을 감았다.

"나 잘 거니까. 도착하면 깨워."

머리를 기체에 기댄 채 곧 코를 고는 박천수를 보던 김호철이 창밖을 바라보았다. 창밖으로 빠르게 지나가는 숲을 보던 김호철이 입맛을 다셨다.

'앞으로 알아가야 할 것이 많겠구나.'

능력자들의 세상에 대해 아는 것이 하나도 없는 것이다.

김호철의 능력자로서의 삶이 이제 막 시작되고 있었다.

to be continued

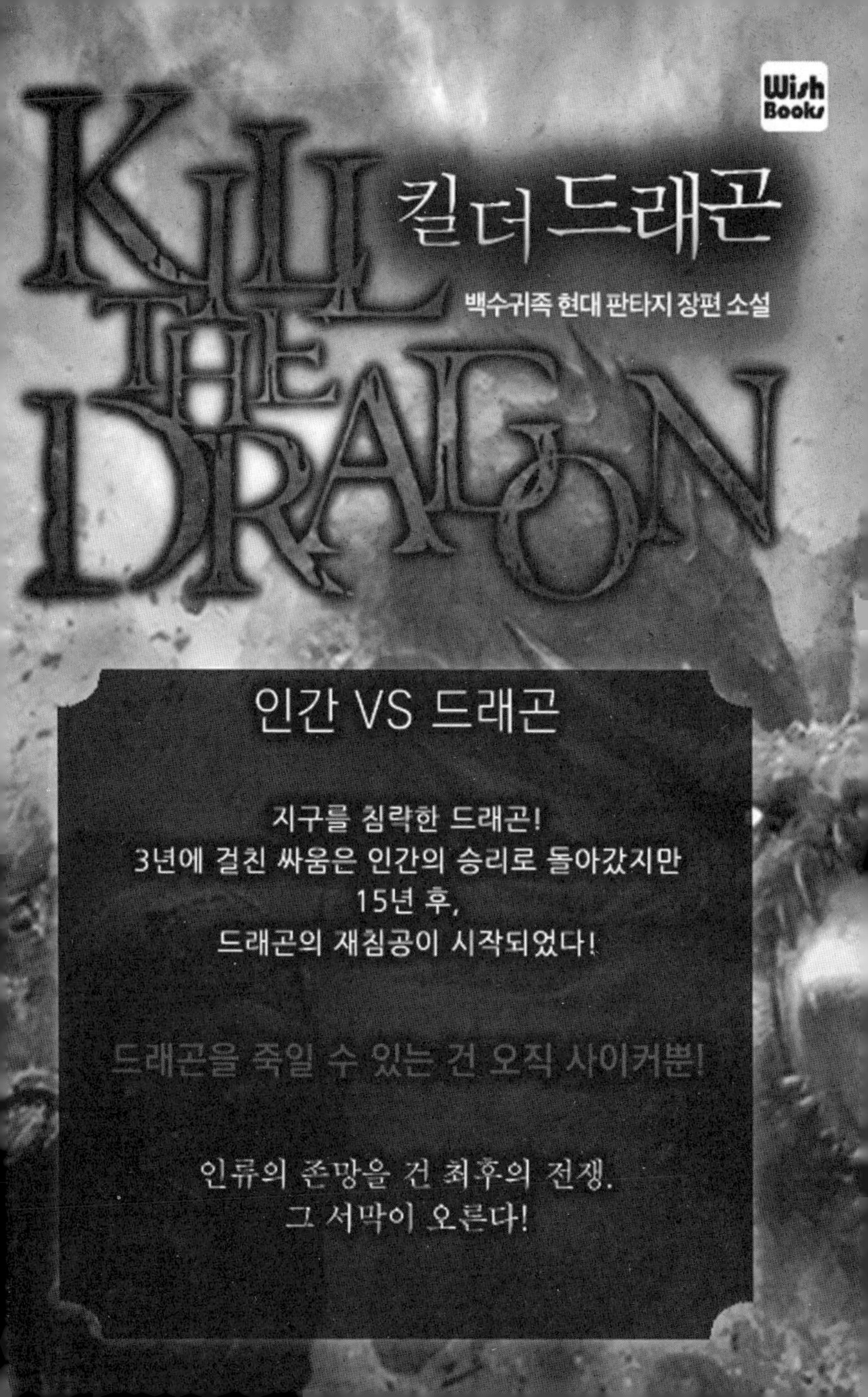
Wish Books
KILL THE DRAGON
킬 더 드래곤
백수귀족 현대 판타지 장편 소설
인간 VS 드래곤
지구를 침략한 드래곤!
3년에 걸친 싸움은 인간의 승리로 돌아갔지만
15년 후,
드래곤의 재침공이 시작되었다!
드래곤을 죽일 수 있는 건 오직 사이커뿐!
인류의 존망을 건 최후의 전쟁.
그 서막이 오른다!

예성 장편소설

그라운드의 사령관

촉망받던 야구 유망주 정찬열!

국내 구단의 러브콜을 거절하고 미국행을 선택했지만
별다른 활약을 보이지 못한 채 묻혀 버렸다.

그런 어느 날,
그에게 기회가 찾아왔다!

눈을 떠 보니 고등학교 3학년?

아직 계약하기 전이라고?!

"두 번 다시 같은 실패는 하지 않겠다!"

야구 역사의 한 획을 긋는 그 현장에
지금, 함께하라!